Le Fil sans fin

Voyage jusqu'aux racines de l'Europe

Paolo Rumiz

Le Fil sans fin

Voyage jusqu'aux racines de l'Europe

Traduit de l'italien
par Béatrice Vierne

ARTHAUD

DU MÊME AUTEUR

Aux frontières de l'Europe, traduction de Béatrice Vierne, Hoëbeke, 2011 ; Folio, 2012.

L'Ombre d'Hannibal, traduction de Béatrice Vierne, Hoëbeke, 2012 ; Folio, 2013.

Pô, le roman d'un fleuve, traduction de Béatrice Vierne, Hoëbeke, 2014.

Le Phare, voyage immobile, traduction de Béatrice Vierne, Hoëbeke, 2015 ; Folio, 2019.

La légende des montagnes qui naviguent, traduction de Béatrice Vierne, Arthaud, 2017.

Comme des chevaux qui dorment debout, traduction de Béatrice Vierne, Arthaud, 2018.

Appia, traduction de Béatrice Vierne, Arthaud, 2019.

On dirait que l'aube n'arrivera jamais, traduction de Béatrice Vierne, Arthaud, 2020.

Publié grâce à The Italian Literary Agency

87, quai Panhard-et-Levassor
75647 Paris Cedex 13

ISBN : 978-2-0814-9500-5

Norcia, avril 2017

Au-delà des villages en ruine, plus la moindre présence humaine : la montagne se fit âpre et solitaire. Partis d'un col battu par le vent, nous descendions dans le brouillard, en suivant un couloir enneigé. À notre arrivée, le soleil perça la grisaille de son éclat fulgurant dévoilant un ciel pervenche. Sur notre droite s'étendaient les flancs immaculés des monts Sibyllins et sur notre gauche, dans un murmure de ruisseaux en plein dégel, nous apercevions une ample cuvette inattendue, d'aspect presque mongol : tapissée d'une moquette d'herbe rase, où s'éparpillaient des crocus, des hellébores et des coussins de primevères, elle était protégée de tous les côtés par une grande corniche de hauts sommets.

Ces étendues enchantées et invisibles d'en bas sont appelées Pian Grande. En ce mois d'avril, nous

nous y promenions nus pieds pour mieux percevoir la voix de la terre. Cette prairie pleine de vie allait connaître, au mois de mai, la floraison la plus spectaculaire d'Europe – lentilles, pavots, iris, entremêlant le jaune, le violet, le rouge et le bleu. Née de la ligne de faille qui avait secoué les Apennins, cette étendue multicolore était le centre parfait de la péninsule posée au beau milieu de la Méditerranée.

Nous savions qu'à 1 000 mètres au-dessus des pâturages, sur la crête nerveuse d'une montagne à laquelle on avait donné le nom de Redentore, peut-être pour amadouer les divinités des profondeurs, il était possible d'apercevoir au nord-est l'étendue bleue de l'Adriatique et au sud-ouest, au-delà du Terminillo, la côte de la mer Tyrrhénienne. En cheminant sur les flancs du Redentore – aussi blancs et réguliers que ceux du mont Ararat et de l'Etna – on pouvait suivre des yeux la longue cicatrice des Apennins où un éboulement de neige qui laissait la roche à nu mettait les hommes en garde. Au fond de la cuvette, l'unique lieu habité, le rocher de Castelluccio, réduit à l'état de décombres, confirmait la souveraineté absolue des sommets.

Nous étions magnifiquement seuls, unique présence vivante dans cette étendue tibétaine, et ce privilège nous plongeait dans une euphorie à la fois inquiète et méfiante. Il n'existait rien de comparable dans les Alpes, pas d'autre lieu où la crainte et l'enchantement, l'enfer et le paradis, les forces telluriques et la fertilité, les ténèbres et la lumière, s'unissaient de manière aussi intime, afin de garantir le cycle de la vie. Je me disais qu'il fallait raconter ces noces avant que la fête du printemps ne recommençât. J'avais grandi dans les Alpes, mais les Apennins m'avaient séduit à l'âge mûr : et cette montagne antique, médiévale, féminine, barbare, aux saveurs fortes, était devenue ma seconde patrie.

Partout, la vie, un air saturé de trilles, de sifflements, de pépiements. Dans les ruisseaux, des crapauds s'accouplaient. Les taupes s'étaient remises à creuser, laissant sur l'herbe veloutée des petits monticules de terre brune, alignés comme des points de suture. C'était un luxe que d'assister à tout cela dans la plus parfaite solitude, un luxe que seul rendait amèrement possible le terrain militarisé par l'état d'urgence du tremblement de terre. À Castelluccio, il n'était pas permis de planter de tentes ni même de déambuler sans autorisation. Le tourisme, fût-ce le plus compatible avec l'écologie, le plus digne des pionniers, était interdit pour des raisons de sécurité. Cette sécurité qui est la grande plaie de notre siècle – Dieu la maudisse. Mais nous avions un passeport spécial pour le paradis, et nous y pénétrions à un moment unique en son genre : celui où, sur la plaine encore enveloppée dans le silence hivernal, commençait déjà l'explosion des couleurs démentes du printemps.

C'était une succession de neige, d'étoiles et de prairies. Le giron d'un monde qui avait été, un millier de fois, capable de donner naissance à un nouveau commencement. Au moins depuis l'époque où, voici des millénaires, les peuples de l'Asie centrale étaient descendus jusqu'ici avec leurs troupeaux et leurs semences – épeautre, gesse, et avec eux les fleurs sauvages qui avaient trouvé ici un habitat unique au monde – devinant que Perséphone et Cérès, la déesse des Enfers et celle des Moissons, se donnaient la main sur la cordillère qui servait de colonne vertébrale à ce monde nouveau. Un mystère célébré par une troisième divinité féminine : la sibylle, déesse mère qui, dans un sifflement, régnait sur la Terre du milieu.

Nous montâmes vers la grande corniche de la cuvette, jusqu'à un col où la vue s'ouvre sur le Terminillo, le Gran Sasso, la vallée d'Assise. Ayant ôté nos chaussures, nous en profitâmes pour casser la croûte, le ventre à l'air dans l'herbe rase, avec la brise qui nous soufflait entre les orteils. Derrière nous se dévidait la pelote du séisme dans le monde des hommes. Les montagnes étaient restées, le reste n'existait plus. Nous avions traversé à pied une succession de villages détruits, livrés à une tempête de stratigraphies, cramponnés à un terrain qui ressemblait à un mille-feuille.

Dans une impossible viabilité, les sentiers survivaient, comme il y avait mille ans, et nous étions entrés dans le cœur vivant de la destruction. La ville d'Amatrice ressemblait à la Bosnie en temps de guerre : rues désertes, évacuées, tenues de camouflage, odeur de kérosène et de misère, contiguïté des maisons intactes et des maisons pulvérisées. On percevait un danger omniprésent, mais aussi l'exemple intrinsèquement italien d'une machine bureaucratique capable de « tuer » davantage que le tremblement de terre, en empêchant les retours à grands coups de règlements et d'interdictions. Dans la dévastation, le paradoxe d'une nature déjà en rut, lorsque les phares des voitures illuminaient, le soir, des centaines de crapauds qui ne pensaient qu'à copuler sur l'asphalte encore tiède.

Je revoyais la terre bâiller comme la mâchoire d'un Léviathan, la terre noire qui était venue à notre rencontre avec l'horreur sépulcrale de l'épicentre. Dans certains lieux, l'éventrement avait été d'une telle violence qu'un éternuement aurait suffi à déclencher de nouveaux écroulements. Nous étions passés en retenant notre souffle, en toute illégalité, sur la pointe des pieds, entre des murs croulants et des toits suspendus dans le vide. Au milieu des couloirs, des broussailles et des prairies, Cornillo Vecchio et Rocchetta, éventrés, béant de manière obscène sur l'intimité des demeures. Rideaux de dentelle, lits, bibliothèques, lampadaires, lessives mises à sécher. Et la nature qui là aussi tenait bon, qui se foutait bien des hommes. Vent, silence, gazouillis, mitraille des piverts dans le bois.

San Lorenzo et Flaviano, l'apocalypse. Personne en vue. Un seul bruit, le crissement de nos semelles. Des maisons en maçonnerie d'une misère déconcertante. La vieille Via Salaria interdite à la circulation pour cause d'éboulis, avec ses barrières de sécurité tordues de façon anormale par la contorsion de la montagne et ses filets pare-éboulis bombardés par les chutes de pierre. Des lampadaires coupés en deux oscillaient au-dessus du fleuve, suspendus comme des téléphériques à leurs fils à haute tension. À pic au-dessus du bitume crevé, une marée de pierre, un hurlement solidifié monté des profondeurs. Au-delà du cours d'eau, un terrain parcouru par des failles actives.

Que d'accumulations : un autre village fantôme, les noces irréelles des narcisses et des ruines et, au-dessus du village annihilé, le Monte Vettore, ce colosse en forme de selle, reconnaissable entre tous, et son précipice enneigé, penché comme un fer à repasser sur la vallée. Il n'y avait pas jusqu'à la montée vers le cœur des monts Sybillins qui n'eût exigé son péage de destruction. Sperlonga, Arquata, Pretare, réduites en miettes. Bien pis qu'Amatrice. Ce n'était plus la Bosnie pour le coup, mais l'Afghanistan, sous les neiges indifférentes de l'Hindou-Kouch.

Ce fut du bord de la cuvette de Castelluccio que nous apparut Norcia, 900 mètres plus bas. La visibilité était illimitée. Nous descendîmes à pic vers la ville et ses murailles au crépuscule, entre des chardons jaune paille et des bouses de vache de l'année précédente. Nous volions comme si nous étions accrochés à des parapentes, avec de longs virages, au ras d'une bruyère éraflée à plusieurs endroits par de violents éboulements. Au bout de deux heures de marche, aux portes de la ville, tandis qu'une magnifique lumière dorée illuminait les amandiers en fleur, les ruines refirent leur apparition. En dehors des murailles, des survivants humains : des visages samnites, picènes, grecs, byzantins, lombards, transparent fruit italique d'antiques migrations. Au-dedans, le vide presque total. Un tableau de De Chirico.

Un monument aux morts des deux guerres me mit entre les mains une première extrémité de l'écheveau. Parmi les noms gravés sur la pierre, celui d'un partisan triestin, Sergio Forti, médaille d'or, tué dans la région après d'innommables tortures. Je me dis : et voilà, quand on me demande comment redonner un sens au 25 avril, des noms comme le sien me disent que voyager ainsi à pied, dans le maquis, est une juste entreprise, parce que cela vous fait entrer dans le ventre oublié du pays. Cela vous porte à écouter les déshérités, leurs craintes que personne ne veut entendre, et aussi à reconnaître la trace immonde, impossible à confondre, la trace presque olfactive du racisme qui renaît en réponse à ces peurs. Cela vous fait comprendre que nous sommes encore au temps des batailles et qu'il est bon de répondre avec dureté aux bêtes sauvages qui s'acharnent contre les faibles et les vaincus pour déverser vers le bas la rage qui frapperait, autrement, ceux qui se trouvent en haut. Le pouvoir.

Nous étions intimidés et taciturnes, ne sachant trop si notre marche suivait le fil des heures, des siècles ou des ères géologiques. « On se serait cru à Alep », entendis-je de la bouche d'un survivant, en parlant du coup terrible asséné à la ville. Une phrase qui révélait sans le vouloir l'étroite parenté entre les évacués du séisme et les exilés des guerres. Nous sortîmes sur la place principale. La moitié des édifices s'étaient affaissés sur eux-mêmes. Les ruines de la cathédrale étaient baignées par la lumière jaune des cellules photoélectriques. Derrière la rosace, il n'y avait plus de nef.

Ce fut alors que je vis la statue, illuminée *a giorno* au centre de la place. Elle représentait un homme à la barbe vénérable et à l'ample robe de moine, qui levait son bras droit comme pour indiquer quelque chose à mi-chemin entre le ciel et la terre. Elle était intacte au milieu de la destruction et l'on pouvait lire : « Saint Benoît, patron de l'Europe ». J'en eus le cœur serré. Jusqu'alors, je n'avais pas pensé un seul instant au saint et à son rapport avec Norcia – Nursie pour les Français –, avec le tremblement de terre, avec la terre nourricière du continent auquel j'appartenais.

Que disait-il, ce saint qui nous bénissait, au milieu des débris de tout un monde ? Il disait que l'Europe se portait bien mal ? Que la Grande-Bretagne venait à peine de voter pour sortir de l'Union européenne et que je me trouvais peut-être devant les ruines d'une grandiose idée politique ? Que l'esprit de Ventotene n'existait plus ? Le message paraissait transparent. Le retour des égoïsmes nationaux annonçait une balkanisation en cours à l'échelle continentale. Mais cette statue saine et sauve, au milieu de la destruction, pouvait aussi transmettre un message radicalement opposé. Elle rappelait peut-être qu'à la chute de l'Empire romain, c'était justement l'ordre des moines bénédictins qui avait sauvé l'Europe. Elle nous disait que les semences de la reconstruction avaient été plantées au plus mauvais moment qui fût pour notre monde, dans un Occident caractérisé par la violence, les migrations massives, les guerres, l'anarchie, la ruine urbaine, les banqueroutes. Quelque chose qui ressemblait vaguement à ce que nous connaissons aujourd'hui.

La statue faisait passer en outre un autre message. Le germe de la renaissance d'un continent était parti du cœur bien trempé de mon pays, des Apennins. Il y était né, Benoît, sur la longue et turbulente dorsale qui est le centre non seulement de l'Italie, mais de toute la Méditerranée. Il était fils d'un monde de sibylles, de transhumances et de longs hivers, qui pendant des millénaires, après chaque destruction venue des profondeurs, avait été capable de renaître et qui, à présent, pour la première fois, risquait de vivre un exode sans retour. Abandonnés par la classe politique – la montagne n'a jamais rapporté de votes –, les descendants de Benoît devenaient des réfugiés, descendaient dans les vallées pour s'enliser et mourir sur les mêmes plages que les migrants. À cela près que l'équilibre, ce n'était pas le séisme qui l'avait rompu, mais la perte de la mémoire. L'oubli d'une nation entière envers ses racines claustrales, si nobles. La disparition de la fierté du peuple des Apennins.

Oui. Le message du saint pouvait aussi être celui-là : l'Europe avait replongé dans le Moyen Âge et, pour retrouver ses racines spirituelles, il lui fallait repasser encore une fois par une saison de ruines. Une troisième catastrophe, en l'espace de cent ans, nécessaire pour sortir du tunnel autodestructeur de la consommation. La bonne politique ne jaillirait peut-être que de la table rase provoquée par une nouvelle et grande destruction. Comme en 1945. C'était cela le véritable séisme et nous le vivions en direct, sans même le savoir. Nous étions peut-être en guerre, nous l'étions même depuis un siècle, sans interruption, mais la tempête médiatique, concentrée sur les migrants, nous empêchait de voir les foyers de conflits, qui, comme les taches du léopard, cernaient l'Europe des riches, ou alors c'était le matérialisme croissant de notre monde lui-même, avec ses impitoyables guerres financières qui n'étaient plus l'antithèse de l'économie, mais l'expression naturelle de leurs propres rapines.

La longue vague de la chaîne apennine, sa fameuse douceur tourmentée faite de milliers de séismes, accompagnait ma désorientation. Peut-être pouvait-on même trouver de la vraisemblance dans une lecture positive du message. Ne fallait-il pas comprendre que Benoît était capable de reconstruire l'Europe malgré les ruines, parce qu'il était plus fort qu'elles ? La vie reprendrait de toute façon, parce qu'elle l'avait déjà fait de si nombreuses fois au cours des siècles. Mais il était difficile d'y croire vraiment. Nous étions en chute libre, mais nous avions peine à nous en rendre compte, voilà tout, parce que notre chute était amortie par un impressionnant appareil cosmétique et anesthésique fait pour nous en cacher la perception et différer l'inévitable désastre. Le mal que se donnaient tous ceux qui s'accrochaient au territoire était dérisoire, le cynisme prenait de l'ampleur et les politiciens capables de dire la pénible vérité et de s'élever contre la désertification de la montagne étaient punis au moment du vote.

Un vent parfumé s'infiltrait parmi les ruines et je sentais bien que dans mon univers certains mots-clefs, tels que silence, dévouement, esprit de sacrifice avaient été liquidés ou bien n'avaient plus de sens. Le mot « Europe » lui-même s'était perdu. Les fondements de sa culture chrétienne – compassion et solidarité – étaient devenus délictueux. Aux frais des désespérés, une classe politique tout entière manifestait d'une manière générale une absence de pitié qui devrait à coup sûr retomber sur nos enfants, mais nous étions incapables de nous en apercevoir. Comme tant de juifs aux premiers temps du nazisme, nous nous persuadions que nous n'aurions pas de comptes à rendre. Cela nous rassurait de regarder les autres tenter d'échapper au naufrage. Si cela leur arrive à eux, nous disions-nous, nous sommes à l'abri, nous autres, parce que nous sommes « différents ». Erreur planétaire. Un jour, comme dans le Deutéronome, il nous faudra relire le passé et découvrir dans cette colossale méprise la raison de notre perte.

La lune décroissante avait créé dans le ciel un nid magique. Une lune de rêve, irréelle, comme on n'en avait encore jamais vu. Nous la regardions, hébétés, illuminer faiblement le flanc enneigé des monts Sibyllins, 1 500 mètres plus haut. Paolo Piacentini, un de mes compagnons de voyage, avait à de nombreuses reprises traversé ces montagnes à pied et je l'entendis murmurer : « Quelle nostalgie. Là-haut, pas plus tard qu'hier, les bergers vous offraient de la ricotta chaude quand on frappait à la porte de leurs cabanes. Aujourd'hui, c'est fini tout ça. Et pourtant, quand je lève les yeux, je vois encore les montagnes de mon adolescence. Les mêmes. Et comme alors, elles transmettent l'essence de mon passage sur la Terre. C'est là qu'habite mon âme. Et tu veux que je te dise ? Ici, rien ne sera plus comme avant, mais tout existera. J'en suis certain. Tout existera. Ces lieux ont une force spirituelle qui les transcende. »

Une dernière lueur rose, imperceptible, ourlait encore la barrière enneigée vers l'est. Les premières étoiles scintillaient. Le sol emprisonnait une odeur de terre, de bonne terre mouillée. Il suffisait de regarder autour de soi pour comprendre que la plaine de Norcia est encore un chef-d'œuvre de gestion du territoire. Un signe de Benoît, sans méprise possible. Quels phénomènes que ces hommes-là ! Ils étaient parvenus à sauver l'Europe sans armes, par la seule force de leur foi. Grâce à l'efficacité d'une formule : *ora et labora*. Ils l'avaient fait à une époque où les invasions étaient quelque chose de grave, plutôt qu'une migration de déshérités. Des vagues violentes, impitoyables, païennes. Les Huns, les Vandales, les Wisigoths, les Lombards, les Slaves et pour finir les Hongrois, féroces entre tous. Ces géants en robe de bure les avaient christianisés et ramenés à la douceur par leur exemple. Ils avaient sauvé de l'annihilation la culture du monde antique, remis en ordre un territoire livré à l'abandon, construit de formidables bastions de résistance à la dissolution : les abbayes.

Quand je regarde ces montagnes lunaires, en équilibre entre deux mers, il me paraît évident que mon Europe, dont les confins ne sont clairement définis que du côté atlantique, a toujours été le terminus des nations de l'Orient, des peuples impétueux, chargés d'énergie vitale, qui l'ont combattue, mais l'ont aussi vécue et rendue fertile. Était né de tout cela un paysage unique au monde, à l'échelle humaine, avec une densité inimaginable d'ermitages, d'abbayes, de temples et de toponymes liés au sacré. Un espace à travers lequel on pouvait aisément « cheminer », où depuis chaque village, on pouvait voir d'autres villages, formant une topographie intime de clochers. Une terre « travaillée », où – à la différence de l'Asie ou de l'Afrique – il était presque impossible de distinguer entre l'ouvrage de la nature et celui de l'homme. Une grande mère, capable d'accueillir, un jardin qu'il aurait été insensé de clôturer, sous peine de le rendre stérile et de mettre fin au cycle vital.

La nuit grouillait d'étoiles. Les montagnes noires semblaient se pencher sur Norcia et entonner un chant, tout bas. D'où aurait-elle pu venir, voici mille cinq cents ans, cette formidable poussée vers la reconstruction de l'Europe, sinon des Apennins, un monde dur, habitué depuis des millénaires à se relever après chaque tremblement de terre ? Dans quelle mesure l'Italie avait-elle conscience de la place centrale qu'elle occupait dans le destin du continent ? Comment notre pays pouvait-il laisser ainsi s'en aller à vau-l'eau les terres pastorales d'où était parti, quinze siècles plus tôt, le signal d'une Renaissance pour l'Europe entière ? C'était un blasphème que de livrer Norcia aux ruines – de même que Visso, Amatrice ou Camerino. Abandonner les Apennins, c'était cracher sur notre histoire. Sur Benoît, François, Romuald et les autres guerriers de la foi, enfantés par ces terres.

L'ombre de la sibylle et le vin noir, tous deux venus des abysses, me firent sentir avec plus de clarté la terrible mutation en cours d'accomplissement. La fragilité des périphéries, la disparition des noms de lieu, qui vidait les cartes de leur sens et avançait en parallèle avec la raréfaction de la biodiversité, le risque de voir la nature retourner à l'état sauvage, le séisme qui, pour la première fois, pouvait devenir l'épitaphe de tout un monde. La reconstruction tardait, les maisons fissurées étaient envahies par la végétation et devenaient étrangères à leurs propres habitants, comme après un cambriolage. L'adrénaline de ceux qui résistaient risquait de se tarir, les derniers habitants cramponnés à la montagne allaient peut-être s'en aller, anéantis par ceux qui leur répétaient, jour après jour, « mais qu'est-ce qui t'oblige à rester ? »

Dans la nuit noire, il me sembla entendre le hurlement de loups, aussi douloureux qu'un cri des âmes du purgatoire. Sous le M flamboyant de Cassiopée, les monts enneigés de la magicienne retournaient en Asie, ils devenaient la montagne sacrée du mont Kailash. Je percevais avec netteté la rotation terrestre entre les nébuleuses. On avait du mal à dormir par une nuit pareille. Là, au milieu des ruines de Norcia, je vivais une vertigineuse perception de la centralité de l'Italie et de sa colonne vertébrale. Si mon pays devait perdre les Apennins, il se perdrait lui-même. Par trois fois, l'Europe avait pu renaître de ces montagnes, avec Rome, avec le monachisme et avec la Renaissance. Hélas, nous l'avions oublié.

Dix mois plus tard

Tempête de neige sur les Apennins. Circulation ferroviaire en vrac. J'arrive à la gare de Bologne où je dois prendre un train pour Milan vers les trois heures de l'après-midi, et je vois toute une nation paralysée. Dans cet antre de la grande vitesse, les trains ont cinq ou six heures de retard. Les correspondances avec Rome sont passées par la fenêtre. Faute de place, les panneaux d'affichage électronique indiquent encore les trains prévus à dix heures du matin, mais pas ceux qui fonctionnent et dont l'arrivée est imminente. Les allées et venues de la foule en proie à une agitation frénétique empêchent de comprendre les annonces automatiques. Pas la moindre voix nantie d'autorité pour expliquer ce qui se passe et donner un conseil aux voyageurs.

Les escaliers roulants sont pris d'assaut. Des flots de gens montent et descendent dans les

Malesfosses[1] du transport à grande vitesse. Impossible de s'asseoir, quelques vieilles dames sanglotent. Il fait froid dehors, la salle d'attente souterraine est bondée. Et pourtant, en dépit des déambulations forcenées, on remarque dans les profondeurs de la gare une impressionnante absence de voix humaines. Aucune imprécation. Les rapports entre les gens sont réduits à zéro. Tout le monde est penché sur son smartphone, enfermé dans sa bulle, et chacun cherche de son côté le moyen de se tirer d'affaire. Internet est un parfait sédatif. Impossible de pianoter *et* de protester. Donc, on réserve sa rage à Twitter. Et on continue à se réfugier dans une réalité parallèle.

C'est alors que je remarque, dans un des couloirs situés sous les quais de la gare, la vision surréaliste de deux policiers et deux soldats en tenue de camouflage qui, plutôt que de venir en aide aux naufragés du TGV, entourent, l'arme au poing, un étranger à la peau sombre, lequel cherche d'une main fébrile dans son veston des papiers dont il ne possède sans doute pas le premier. Des gamins passent, sac au dos, et quelques-uns se moquent du « clandestin », mais la force publique ne réagit pas. Une vieille dame s'insurge. « Mais pourquoi vous en prenez-vous à ces pauvres gens, avec tous les voleurs qu'il

1. Allusion à *La Divine Comédie* de Dante, L'Enfer, Chant XVIII. [Toutes les notes sont de la traductrice.]

y a partout ? » Même alors, les hommes en uniforme n'ont pas la moindre réaction. Situation exemplaire. Jamais le rôle du bouc émissaire ne m'est apparu aussi clairement. Quand elle est incapable de résoudre une crise, l'autorité punit l'étranger et le désigne au courroux populaire. Le détournement est magistral.

Les minutes s'ajoutent les unes aux autres dans une spirale de retards à la chaîne, les trains s'accumulent et créent un gigantesque bouchon dans les Apennins, la foule du sous-sol, peureuse, ondoie d'impatience, mais sans jamais se transformer en onde de choc. Et pendant ce temps, les forces de l'ordre braquent l'immigré. C'est une parfaite radiographie du pays. L'Italie est rançonnée par les mafieux et par des armées de fraudeurs, désertifiée par la grande distribution, dévorée par l'incurie, gouvernée par les talk-shows, mise à sac par les banques, assommée par les taxes et les impôts en tous genres, massacrée par la bureaucratie, mais sa seule et unique obsession est le migrant. Nous avons été expropriés du sens des institutions et des droits du travail, spoliés de notre avenir et de notre mémoire nationale, pris en otage par sept gérontocraties et confréries inamovibles de bons à rien bien en cour, mais nous nous en prenons aux faibles plutôt que de nous révolter contre cette caste pour lui arracher le pouvoir. Toutes les quinze ou vingt minutes j'entends des annonces automatiques contradictoires, les employés des chemins de fer écartent les bras, incapables eux aussi de comprendre, les voyageurs demandent de l'aide, le pays s'en va à vau-l'eau, mais les agents de police harcèlent leur infortuné sans-papiers. Eh oui. L'immigration sauvage est un grave problème. Elle pousse les pauvres contre les exilés, elle déclenche des tempêtes identitaires, elle fait trembler ce qui reste de nos valeurs. Mais tous les autres problèmes, où sont-ils ? Les ponts s'effondrent, le pays croule sous le béton inutile, sombre dans la crise dès qu'il neige et jette ses montagnes aux orties à cause d'un tremblement de terre, tandis que la barbarie galope sur Internet, que les histoires des gens honnêtes sont tournées en dérision ou passées sous silence par les journaux et que les porteurs d'idées nouvelles sont taillés en pièces par les médiocres… S'ils veulent travailler, nos jeunes doivent accepter le bracelet électronique ou s'expatrier, devenant à leur tour des migrants ; l'ignorance se répand, en même temps que la rancœur et l'impatience, des chefs de famille estimés tabassent les enseignants de leurs enfants pour une mauvaise note et toutes les sortes d'autorité sont révoquées par les hordes des réseaux sociaux, qui ont le diable au corps. Moyennant quoi l'État, plutôt que de se remettre en question, cherche des coupables et crucifie l'étranger.

Un Piémontais, baise-en-ville à la main, ronchonne en contemplant le mur d'un regard éteint : « Crétins que nous sommes. Nous croyons que ces choses-là n'arrivent que dans le Sud. Alors que… »

Et le film se poursuit comme prévu. Les agents emmènent l'Africain. Il y a un lien intime entre la nullité de la classe dirigeante et la résurrection des tensions raciales. Quand ceux qui gouvernent ne savent plus quoi répondre au peuple, ils lui offrent des ennemis. Cela fait des siècles que ça dure. La dissolution de la Yougoslavie nous sert de leçon. Après avoir mis le pays à sac, le gouvernement postcommuniste, pour éviter de rendre les comptes de son propre échec, a précipité les Serbes contre les Croates et détruit la Bosnie. Égorgez-vous les uns les autres, ricanaient les responsables de la faillite, en laissant le malaise social s'épancher entre des peuples ivres de fierté nationale. Et c'est ce même système qui a servi à démanteler un par un tous les lieux de cohabitation entre plusieurs ethnies. Salonique, Lviv, Smyrne, Beyrouth, Alexandrie, Casablanca, Sarajevo, Alep. Un chef-d'œuvre de cynisme avait liquidé les villes mêmes qui avaient donné à l'Europe des peuples le sentiment de son existence. L'impuissance et la déroute, sous les oripeaux du patriotisme.

Un TGV Frecciarossa sans arrêt jusqu'à Milan arrive. Il est bourré à craquer, l'assaut des naufragés est inutile. La solidarité brille par son absence.

L'impitoyable dureté envers les migrants se retourne contre les Italiens. Une femme fait une crise de claustrophobie et martèle la rampe de l'escalier roulant.

Je repense à Benoît et à sa statue intacte, presque séraphique, au milieu du chaos et de la destruction. Après cette première rencontre dans les Apennins, le natif de Norcia s'est installé dans mon cerveau avec toute sa compagnie de pionniers. Et voilà, me dis-je, quand viendra le jour du déluge, peut-être nous reviendra-t-elle en tête, cette poignée de gens courageux, capable de relancer la civilisation dans un monde tenaillé par la peur, caractérisé par l'abandon de ses villes, dévasté par les incursions barbares et le retour des forêts vierges. Il faudra attendre ce moment-là peut-être pour se remettre à chercher ces valeurs oubliées : l'hospitalité, l'écoute, le zèle éclairé, le plaisir du travail bien fait, la prière et le respect de la nature.

Je vois un monsieur à la barbe digne d'Abraham. Je lui demande qui sont les nouveaux Barbares, les migrants ou notre monde à l'abandon et privé de foi. Je dis que nous avons devant nous une marée humaine mourant de faim et que notre système politique est incapable de faire face. Même ceux qui l'ont mis en mouvement, afin de se procurer de la main-d'œuvre à bas prix, sont incapables de le gérer. Nous voulions des ouvriers et voilà que nous avons eu des hommes qui faisaient des enfants et cherchaient le bonheur. Inouï. Et c'est alors qu'a surgi la pensée : transformons l'immigré en paratonnerre, faisons-en un thème électoral, désamorçons la tension, misons sur le dépaysement et les nostalgies identitaires de plus faibles dans une société habituée à marginaliser et à exclure.

Le barbu me dévisage non sans une certaine compréhension.

« Vous ne pensez pas, lui dis-je, que c'est justement en fomentant la haine raciale qu'on se fait le complice des brigands prompts à opprimer les déshérités ? Vous ne pensez pas que tout ce tintouin à propos de quelques bateaux n'est qu'un rideau de fumée ? Qu'on utilise cette arme qu'est la peur pour faire baisser le coût du travail et aider l'économie à vivre des esclaves qui s'échinent dans les champs de tomates ? »

Il neige sur l'Italie et l'alerte blanche, s'opposant même sur le plan chromatique aux hommes à peau noire, surgit comme la pointe de l'iceberg dans une confusion plus générale. Pourquoi l'Italie solidaire est-elle restée sans chef ? Pourquoi les soi-disant démocrates ne s'élèvent-ils pas contre le désordre ? Par peur des sondages ? Pour ne pas s'attirer les poisons d'Internet ? Ou parce qu'ils ont été eux aussi séduits par cette étrange bête qui se repaît de nos peurs et qui a nom populisme ? C'est de là aussi que provient le silence obscène qui, dans les trains et les autobus, environne et laisse impunis ceux qui vocifèrent contre les étrangers. Parce que c'est bien ce silence qui choque, plus que le racisme. Il suffirait de clamer bien haut la vérité. Rappeler à tous qu'entre le XIXe et le XXe siècle, vingt-deux millions d'entre nous sont partis chercher fortune hors de notre pays. Vingt-deux millions d'Italiens en un demi-siècle, cela fait un navire avec mille personnes à bord par jour, pendant cinquante années de suite. Mon grand-père a dû affronter la traversée de l'océan tout seul, à l'âge de 8 ans, parce qu'on mourait de faim. Un mineur non accompagné, accueilli en Argentine comme un débris de l'humanité, porteur de crime et de maladie, voleur de travail, un de ces foutus Italiens qui ne sont bons à rien d'autre qu'à faire des enfants.

Une voix féminine annonce que l'on remboursera le prix de son billet à quiconque renonce à partir. De nouveau, les masses de téléphoneurs ondoient. Me voici face à une bataille rangée. Un combat pour l'Europe. L'ouverture contre la fermeture. La solidarité contre la méfiance. L'hospitalité contre la hargne. La responsabilité contre la xénophobie. Le secours aux faibles contre le repli dans le privé. L'esprit du continent, c'est le naufragé sauvé, le dialogue, la rencontre. Jamais le deuxième millénaire n'a produit une plus haute expression symphonique d'une communauté de nations que l'Europe unie, malgré tous ses défauts. Or, qu'avait-il fait d'autre, Benoît, lors de ces siècles taxés avec trop de légèreté d'obscurantisme, sinon de donner le rôle central à l'homme membre d'une communauté ?

Ce même soir, j'arrive à Milan avec une demi-journée de retard et au fond du cœur un puissant désir d'en finir avec les congestions métropolitaines. Je ne rêve que de me mettre au lit, mais le moment n'est pas encore venu. Un taxi me laisse devant mon hôtel et, tandis qu'il prend son argent, je l'entends siffler : « Bah, il viendra le temps des Italiens. » Je mets un moment à comprendre la signification de son propos : sur le trottoir d'en face, un Africain vient de passer.

Je réplique sèchement : « Ça fait un siècle et demi que les Italiens gouvernent notre pays et voyez un peu à quoi ils l'ont réduit. »

Et lui, refermant son portefeuille : « Vous dites ça pour me provoquer ?

— Bien sûr que oui, j'ai deux fois votre âge et j'ai le devoir de le faire, quand j'entends dire des saloperies. »

Le chauffeur sort de sa voiture : « Chiche.

— Allez-y, chassez donc les étrangers et vous verrez. Il n'y aura plus ni mafia ni corruption. Tous les problèmes seront résolus. Plus de voyous ni de pharisiens. »

Je reste calme. Le taxi ne sait pas trop s'il doit me bousculer, engager une joute verbale ou réfléchir à ce mot de « pharisien » qu'il ne connaît pas, mais sur ces entrefaites, le concierge de l'hôtel sort en trombe pour me prendre en charge et m'emmener à l'intérieur.

Je jette mes affaires sur le lit de la chambre 212. Je suis vanné. J'ai besoin de solitude, de retraite, de pèlerinage, de silence. Bon, peut-être pas d'un lieu extrême, comme le Sacro Speco à Subiaco – la grotte où Benoît se réfugia pour donner un sens nouveau à son existence – mais au moins d'un voyage de l'âme. Larguer les amarres. Un bel itinéraire spirituel, en dehors des cartes.

Le téléphone sonne. C'est Ivan Dimitrijevic qui m'appelle de Varsovie, un grand escogriffe italo-serbo-croate qui enseigne la philosophie dans une université polonaise. J'ai fait sa connaissance il y a quelques mois, par un automne enneigé, sur les boulevards anciennement soviétiques de l'Europe de l'Est et, pendant ces quelques jours, nous avons longuement parlé du populisme et des façons de l'affronter. C'est un homme joyeux et fin, capable de naviguer au milieu de la complexité de ses origines.

Je lui raconte Bologne, de quelle manière nous nous sommes encanaillés et de quelle manière, grâce aux proclamations xénophobes du gouvernement, la partie la moins reluisante de l'Italie s'absout de ses propres péchés et fait sa paix avec elle-même.

« J'ai peur. L'Italie vire à l'Amérique du Sud, elle s'enfonce dans un gouffre civil, dans le lynchage social, dans la justice sommaire. Elle a perdu la mémoire, la dignité, la pudeur, le sens des institutions. Elle réclame des murs et des menottes. Et sous prétexte d'état d'urgence, elle laisse une classe politique composée de minables ronger son état de droit. »

À l'autre bout du fil, Ivan m'écoute en silence. C'est un homme qui vole plus haut, qui va au-delà des contingences. Il répond : « Nous avons construit l'Europe du bien-être matériel et, sur la recherche de ce bien-être, nous avons posé les règles de la cohabitation. Mais l'Europe ne s'est jamais réduite à si peu. À l'origine de l'idée, il y avait la recherche du bonheur, qui est bien autre chose. »

Le philosophe pense déjà à la façon dont il faut réagir à la montée de la barbarie en organisant la résistance. Il a vu grand. « Il fut un temps où les péchés capitaux étaient au nombre de huit, et le huitième, c'était la tristesse, tu le savais ? Le bon chrétien avait le devoir d'être joyeux. Au Moyen Âge, les péchés se mesuraient avant tout par rapport au Tout-Puissant. La tristesse offensait Dieu et cela comptait. Et puis, ce péché, on l'a aboli, parce qu'on estimait qu'il n'agissait pas directement sur la société. On s'imaginait, sottement, que la tristesse n'avait aucune influence sur le monde… Résultat : nous vivons dans un monde incapable de nouer des relations. »

Cela, Mordechai, le rabbin de mon âme, me l'a déjà dit voici des années, par le biais d'une affirmation inimitable. Je la répète à mon ami en Pologne.

« S'il y a une chose qui met Dieu en rage, ce sont les gens grognons. Enfin quoi, nous dit-il : je vous ai procuré toutes ces merveilles à savourer et vous vous ennuyez ? J'espérais vous cueillir les mains dans le pot de confiture, au lieu de quoi... voilà que vous boudez. Mais allez donc vous faire voir ! La joie est un devoir avant d'être un droit, voilà ce que disait mon rabbin. L'homme est dans l'obligation d'être heureux, parce que c'est le seul moyen qu'il a de rendre les autres heureux. C'est l'un des principaux enseignements de la religion hébraïque. Il faut rechercher la joie, même quand tout s'y oppose. Dans les camps d'extermination, les *hassidim* pénétraient en chantant dans les chambres à gaz, à la suite de leur *rebbe*, leur rabbin. Si les antisémites le savaient, ils se garderaient bien de persécuter les juifs, parce que la persécution les rend de plus en plus forts, en faisant valoir à l'infini ce culte de la joie.

« Ah, les juifs..., exulte Ivan à l'autre bout du fil, ils ont su exprimer tout cela bien avant nous et bien mieux que nous. Nous autres, Occidentaux, nous avons oublié l'allégresse. Nous nous sommes laissé engloutir par le matérialisme et nous avons renié la culture de nos origines. Les musulmans aussi le sentent. Lis donc Ratzinger : il écrit que les fidèles de l'islam nous observent avec méfiance non pas parce que nous sommes chrétiens, mais parce que nous ne le sommes plus assez et que nous avons perdu la transcendance. Pour eux, nous sommes le vice déguisé en liberté. C'est un pape qui le dit. Et pas n'importe quel pape. »

Je réponds que Ratzinger n'a pas été à proprement parler le plus ouvert des papes, mais Ivan ne me laisse pas finir.

« Alors, pour toi, ça ne veut rien dire s'il a couru, tout de suite après la mort de Wojtyla, à la grotte de saint Benoît à Subiaco pour dire que l'Église avait été souillée par la mauvaise conduite des prêtres ? S'il a choisi comme nom de pape justement le nom de Benoît et s'il a, pour finir, renoncé au pontificat pour se retirer dans un monastère ? Un ermitage, loin des tentations de la *polis*[1]. *Fuga saeculi... Contemptus mundi...*[2] C'est aussi de là que provient l'idée de l'abbaye. Du refus de la grande ville où le diable te corrompt grâce aux pouvoirs du siècle. D'un besoin de décentralisation et de reconquête des espaces naturels désormais perdus. »

Je commence à comprendre. Le voici venu, le temps de construire des lieux de résistance et de tendre entre eux des fils avec une obstination, et

1. La ville.

2. « La fuite des siècles... le mépris du monde... », c'est aussi le titre d'un long poème de Bernard de Cluny.

surtout un courage, de Bénédictin. Du courage et du cœur, comme les conjurés de la Rose blanche, les jeunes héros qui, en Allemagne, ont défié le nazisme. Comme Gandhi qui s'est opposé à l'impérialisme anglais. Comme tous les porte-drapeaux d'un idéal. Le voici venu, le temps de tisser, de ville en ville, un réseau avec nos frères d'autres pays pour que ceux qui ne se résignent pas au langage de la violence se sentent moins seuls.

Désormais, le message de la statue parmi les ruines commence à s'éclaircir lui aussi. C'est une incitation à reprendre possession des espaces retournés à l'état sauvage et à les innerver d'esprit. Un anathème contre les mégapoles et l'urbanisation destructrice. Norcia, encore une fois, est au centre de tout. On y joue une partie qui fera date entre une mondialisation perverse qui engendre des banlieues pleines de rage et désertifie les villages, et la résistance de ceux qui sentent encore la force des lieux. Benoît, c'est le drapeau de la reconquête des territoires dans une Europe qui perd la boussole, comme en 1914. Une Europe qui, dès qu'elle a oublié ses catastrophes, s'empresse de remettre en marche la machine de la xénophobie et de la discorde. Mais la terre du soleil couchant n'a jamais vaincu en envahissant les terres des autres. Elle l'a toujours fait, au contraire, en se laissant envahir sans crainte. En absorbant les étrangers et en serrant les rangs, elle a toujours su renaître. Et Benoît l'a démontré.

Mon grand échalas scelle notre dialogue. « Nous n'envisageons que deux voies herméneutiques pour bâtir l'Europe : la culture et l'économie. Quel est le résultat ? La culture est en chute libre et l'économie a perdu de vue le bonheur de l'homme. Des mots tels que “paix” et “solidarité” sont tournés en dérision, ils se sont vidés de leur sens. Nous avons oublié qu'il existe une troisième voie pour bâtir l'Europe : la politique, une politique fondée sur des valeurs fortes, capable de lutter contre le langage de la peur, de parler aux banlieues, de rendre l'espoir aux déshérités et de redécouvrir la communauté. Dans les monastères bénédictins, tout cela, tu le trouves *in nuce*, en germe. Une politique de haut vol, conçue comme une sage gestion des rapports humains. »

La fatigue m'oblige à raccrocher. Je regarde la pendule. Il est une heure du matin. Peut-être suis-je désormais sur la bonne voie.

1
Le bonheur du périmètre

Praglia, Vénétie

Le vieux monastère dort dans les brumes hivernales, navire ancré dans la plaine devant le dernier des monts Euganéens. Au-delà des murailles du périmètre, un coq chante le lever du jour, comme s'il fouillait l'obscurité de son bec, et son chant pénètre dans le labyrinthe des cloîtres, dans les cryptes, les magasins, la bibliothèque. Il fait froid. Je suis un long couloir, jusqu'au moment où le bruit de pas des moines se rendant à l'office des matines rompt le silence. Ils tournent le coin, à présent je les vois, noirs, reconnaissables entre tous. Les bénédictins. Ils sont quinze tout au plus. Ce qui est peu pour un aussi vaste édifice. Mais je sais qu'au même moment, en France, en Allemagne, en Espagne, en Autriche, en Pologne, en Hongrie et ailleurs, dans des centaines d'autres abbayes, un millier d'autres hommes vêtus de noir sortent de leur cellule pour saluer le jour et célébrer le Très-Haut. Une armée.

« Les cieux chantent la gloire de Dieu / et l'œuvre de ses mains annonce le firmament. » À cinq heures et quart, il fait encore nuit, mais on n'a aucun mal à se réveiller avant l'aube dans un endroit pareil. Quiconque n'est pas habitué au silence se retrouve insomniaque, en proie à un vertigineux tourbillon de pensées, suspendu dans le temps et l'espace. La chose m'est déjà arrivée dans un phare, sur une île déserte de la Méditerranée. Un mois de solitude et de navigations inouïes dans les méandres de l'âme. Où suis-je ? Padoue est à deux pas, mais ici ce n'est pas la Vénétie ni même l'Italie. Praglia, c'est l'Europe. Voilà ce que disent la vigne sous la colline, la cloche, la bonne odeur de pain, le verger, la ferme avec ses animaux, la prairie bien entretenue qui borde la forêt, la courbe parfaite des terrassements. Voilà ce que dit la règle qui scande les heures et les répartit méticuleusement entre la prière et l'ouvrage accompli. C'est la devise de saint Benoît, *ora et labora,* prie et travaille.

Je suis arrivé jusqu'ici par un de ces courts-circuits de la vie que les mécréants appellent hasard et les fidèles Providence. Un appel des Bénédictins, au moment même où j'avais besoin d'eux, où germaient mes angoisses concernant l'Europe. C'est l'abbé de Praglia, Norberto, qui m'a demandé de participer à une rencontre sur le thème des « paysages blessés ». Une parfaite occasion de boucler la boucle des questions que je me pose avant de commencer mon voyage. C'est précisément ce que je cherche, après ma rencontre avec le saint dans les ruines de Norcia. Un séminaire en équilibre entre science et sacré, en compagnie de moines et de spécialistes venus de Pologne, de France, d'Allemagne, avec au centre de leurs échanges le thème du paysage. Que peut-il y avoir de plus logique, après la tragédie du séisme d'Amatrice ? Personne n'a eu plus d'influence que les Bénédictins sur le paysage de notre continent. Ils ont fourni un travail impressionnant pour consolider les terrains, les irriguer, diffuser les vignes et les oliviers, prendre soin des forêts, organiser les activités pastorales.

Les moines ont posé sur la commode de ma petite cellule une édition de poche de la règle de saint Benoît. Un petit livre gris qui m'invite à vérifier où, dans ses trois cents pages, réparties entre soixante-treize chapitres, peut se loger le secret de cette prodigieuse aventure. J'y ai déjà lu des enseignements admirables : l'autorité exercée à travers l'écoute ; l'élection démocratique de l'abbé ; le prestige qui ne dépend en aucun cas de l'âge ; l'ouverture aux plus jeunes ; la gestion collective des litiges internes par le biais d'une assemblée, ce qui devait ensuite engendrer, avec la réforme cistercienne, le premier parlement du continent ; la discipline, mais aussi la mansuétude des rapports humains ; la différence abyssale entre le zèle dans la douceur et dans l'amertume. Une modernité bouleversante. Peut-être le moment est-il venu de comprendre si la règle serait encore utile pour tirer les élites de leur torpeur, refaire l'Europe et barrer la route à la barbarie.

Praglia, déjà le nom fleure bon la campagne. Un bastion de la foi à l'âme paysanne. Je me demande comment il se fait qu'un nomade impénitent tel que moi, un homme de la frontière, sans racines et fier de l'être, ait senti la fascination de ce lieu clos. Je relis dans mes notes une phrase que je n'aurais jamais écrite il y a un an : « Le bonheur se trouve dans le périmètre. » L'espace clos. Le *templum* des Romains, le *téménos* des Grecs. Le lieu confiné, à l'intérieur duquel le monde ne peut entrer que sur la pointe des pieds. Peut-être le pacte de permanence (*stabilitas in congregatione*), que les Bénédictins concluent depuis quinze siècles, afin de vivre et mourir au même endroit, m'indique-t-il une voie autre que le vacarme d'une planète mondialisée qui marginalise, déracine et met en mouvement des fleuves de gens arrachés à leur terre. Canots pneumatiques et nomadisme peu coûteux. Touristes et réfugiés, juxtaposés sur la même plage tragique.

« Sur la Terre entière se diffuse leur voix / et leur parole atteint les confins du monde. »

L'accent lombard du père Anselmo résonne dans la chapelle votive, sous la forme du Psaume 18, sur la beauté de la création. L'abbé Norberto lui répond, les moines s'inclinent, attaquent une psalmodie sur deux notes seulement, tandis qu'au-dehors, la forêt s'éveille. Passereaux et rossignols, c'est un crescendo. Les lieux, on les comprend le jour, mais on les entend la nuit. C'est l'acoustique qui les réveille. Tonnerre ou murmure, l'acte de la création est acoustique. L'esprit est un souffle, une voix, un verbe. Entendre, à tous les sens du terme, n'est pas un mot anodin parce qu'il s'accroche aux sons que distille le silence.

L'aube point. La machine à prières s'éveille dans les couloirs, dans le dédale des quatre cloîtres, des caves, escaliers et galeries. Je lis sur quelques tombes encastrées dans le pavage les mots «*Monachorum cineres*» ; comment savoir à quoi ressemblait un tel lieu avant la crise des vocations, quand il fourmillait d'hommes en noir penchés sur leurs champs, s'occupant de leurs ruches, agenouillés pour les laudes, quand l'Europe n'avait pas encore de frontières nationales et que le paysage était caractérisé par les constantes pérégrinations des gens le long d'un réseau de chemins, de clocher en clocher, d'abbaye en abbaye, de beffroi en beffroi, dans un monde où l'homme et la nature allaient toujours la main dans la main. Parce que c'est cela, l'Europe. Un monde cultivé et mesurable, s'opposant à des steppes et des déserts sans fin.

«*Nox et tenebrae et nubila / confusa mundi et turbida / lux intrat, albescit polus*... [1] »

---

1. «Nuit et ténèbres et nuages / Confusion et trouble du monde / La lumière entre, voici l'aube» (chant liturgique).

Il est sept heures trente, dans l'église on chante les laudes. Ici aussi, une évidence nouvelle, inattendue. L'abside n'est que la coquille des orchestres, le lieu de résonance qui se marie à la lumière du petit matin à travers les vitres. Chant et lumière, le voilà le cœur d'une liturgie qui, de même que le pain et le vin, dut stupéfaire les Barbares en les christianisant. Ce matin à Praglia, le latin voyage sur les ailes de l'unisson masculin et salue le triomphe du jour. Je me demande si la crise des vocations n'a pas commencé par la disparition du chant grégorien et l'arrogance des architectes incapables de donner une acoustique aux églises. Les guitares accompagnant les chants et les prêtres incapables de chanter juste ont fait le reste, décrétant l'éclipse du sacré.

Seuls les orthodoxes, peut-être, parviennent encore à séduire avec leurs bourdonnements de voix d'hommes et le contrechant céleste de voix de femmes. C'est en Serbie, en Turquie, en Syrie et en Irak que je les ai entendus, ces très nobles chrétiens d'Orient, assiégés par les minarets, serrant les rangs comme une armée, dans la pénombre de leurs cryptes que transperçaient de fines épées de lumière filtrée par les meurtrières. Ce n'est pas en Europe occidentale, mais à Alep, tout de suite après la guerre, que les chants exprimant la foi la plus puissante ont frappé mon oreille. Aujourd'hui, Alep et la Syrie n'existent plus. Et c'est nous qui, bien avant les bombes, avons décrété leur fin, en supprimant dans notre ignorance le christianisme des cartes de l'Orient. Et quand leurs habitants en fuite sont venus frapper à notre porte, nous les avons repoussés comme des chiens.

Il pleut, l'abbaye navigue dans un rideau gris. C'est une arche prête à affronter le déluge, un espace de salut consacré par les siècles. Comme sur les navires, ici aussi la vie communautaire est réglée jusque dans ses moindres détails. À huit heures du matin, la machine tourne déjà à plein régime, caractérisée par le brouhaha d'une alacrité qui tient lieu de prière. Certains manient la houe, d'autres restaurent des manuscrits, surveillent le vin dans les tonneaux, trient les herbes officinales, étudient la liturgie, préparent les ruches pour le printemps imminent, reçoivent les hôtes. L'abbé – un homme massif et bienveillant – me pilote dans un dédale de galeries, de citernes, de portiques, d'herboristeries. Il m'indique d'étroits boyaux où l'on cacha, pendant la dernière guerre, des juifs, des partisans et des fascistes qui eurent peut-être l'occasion de se rencontrer. C'est à Praglia aussi que furent mis en sécurité les quatre chevaux de la basilique Saint-Marc, pendant la Seconde Guerre mondiale.

L'abbé me décrit non seulement une architecture, mais une structure fonctionnelle parfaite, dictée par une spiritualité bien précise. Il y a le *scriptorium*, la salle capitulaire, la bibliothèque, le dortoir, la cuisine, le réfectoire, l'infirmerie, l'atelier, la cave, les fours, le lavoir, l'étable, les anciennes écuries, les chambres réservées aux hôtes, les magasins, le laboratoire où s'effectue la restauration des manuscrits enluminés. Et tout exprime la transcendance à travers les symboles. Le puits n'est pas seulement un puits. C'est aussi l'eau, don du ciel, qui devient vie en traversant le sous-sol de la planète. Le cloître, qui vous ferme la vue sur les côtés, fait du ciel son plafond et sert de tremplin à l'élévation spirituelle. Il n'y a pas un seul édifice qui n'ait une âme, pas un espace qui n'exprime un message ou un mode de vie.

Une femme qui a pour prénom Giordana est en visite ici pour le séminaire. Elle a plus de 80 ans et possède une énergie prodigieuse. Je l'ai rencontrée avant cinq heures du matin, sur le seuil de ma cellule, parfaitement éveillée. Elle était venue s'assurer que je m'étais bien levé pour les prières du matin. Minuscule et légère, elle habite Padoue et elle est la fille d'un médecin qui s'est dévoué pour l'Afrique, à une époque où la Vénétie n'était pas encore obsédée par les migrants. C'est lui qui a fondé le Cuamm, une organisation qui, à partir de l'après-guerre, a envoyé plus de deux mille volontaires dans les hôpitaux du continent noir. Experte en miniatures médiévales, Giordana est aussi venue à la réunion sur le paysage blessé, histoire de s'ouvrir l'esprit. « De temps à autre, je m'échappe jusqu'à

Praglia pour recharger mes batteries », dit-elle, tout en m'expliquant les secrets d'un manuscrit du XIe siècle.

Beurre, miel, café au lait. Dès le petit déjeuner, la compagnie s'aventure, intrépide, en territoire peu exploré. Le réfectoire est un lieu de partage, une école de la pensée, c'est le cœur même du monastère. Et voilà que le convive doit affronter le thème du pain, du vin, du fromage et de la bière, c'est-à-dire l'offrande alimentaire des abbayes qui, dans l'océan de misère du haut Moyen Âge, devient un instrument d'évangélisation. C'est une histoire dont les prêtres ne parlent pas volontiers, mais les moines sont plus diserts. Ils connaissent, quant à eux, l'ambivalence magique de la nourriture, ils ne tremblent pas devant l'hypothèse attribuant en partie la conversion des païens à la bonne odeur des alambics et du pain sortant du four. « Pourquoi Dieu se serait-il fait chair, si la matière était détestable ? » glisse un moine en beurrant son toast. Voilà des années, à Padoue, j'ai cédé à la demande de collaboration que m'adressait un vieux prêtre dénommé Luigi, non pas en raison de ses arguments, mais à cause du bol de soupe qu'il me mettait entre les mains avec un sourire. La simplicité désarmante de son geste avait eu raison de mes résistances.

Je parviens à faire dévier le débat vers le thème que j'ai à cœur après ma rencontre avec le saint parmi les ruines de Norcia : le lien entre les

Apennins, les tremblements de terre et le monachisme. J'en parle à Lukasz, un moine polonais, que mon intuition cueille par surprise. J'ose dire que Benoît est le fils d'un monde chthonien. Qu'il a vécu pendant des années dans une grotte et qu'il n'a pu manquer d'y entendre le rugissement de Perséphone. Qu'il est intimement lié à la nature sismique de sa terre natale. Qu'il en perçoit l'énergie démesurée. Je tente le plongeon : « Peut-être Benoît ne prie-t-il pas seulement le ciel, mais aussi la terre, les bois, les sources millénaires, les abysses. Pourquoi ne penserait-on pas qu'il existe un rapport inconscient ou peut-être secret entre lui et les sibylles, entre les antiques abbayes et les temples païens de cet immense mont Athos que sont les Apennins ? » Pourquoi ne devrait-on pas penser que dans cette stratification sacrée pourrait se cacher la puissance du message ?

C'est peut-être un peu trop demander à un catholique polonais. Qui écoute, cependant, paternel et patient.

« Et si Rome n'était pas, en fait, la mère de la civilisation des Apennins, mais son contraire ? Pourquoi ne pas admettre qu'elle serait plutôt la fille des bergers qui partaient en transhumance au bord de la mer, que les lieux où les troupeaux hivernaient se seraient ainsi transformés en résidence stable, enclose ? Mon cher Lukasz, tout est si transparent. Jusqu'au premier siècle avant Jésus-Christ, l'*Urbs* n'a donné au monde ni la philosophie, ni les mathématiques, ni la littérature, mais, pour compenser, un talent de bâtisseuse hors de pair. D'où peut-elle être descendue, cette faim insatiable de solidité, sinon d'un monde éternellement éprouvé par les séismes ? Et que dire de son code légal, unique au monde ? Ne peut-il pas être lui aussi le fruit d'une culture montagnarde, dans laquelle le *rex* – Romulus – est celui qui trace la ligne sacrée nécessaire pour ordonner l'espace, séparant les pâturages les uns des autres ? Où a pu naître cette obsession romaine de la ligne droite de ses routes et espaces déboisés, sinon dans les prairies en altitude ? »

Dehors, le vent s'est levé. À quelques mètres des solides fenêtres s'agite une mer de chênes et de robiniers. Je remarque soudain à quel point nous sommes proches de la sombre forêt, de l'escarpement des monts Euganéens où vivent des sangliers et des milliers d'oiseaux. Une proximité qui évoque l'éternel affrontement entre l'ouvert et le fermé, la forêt et la vigne, l'espace sauvage et l'espace domestiqué. Je connais bien l'appel obscur de la forêt. Je sais qu'il suffit de s'enfoncer à peine dans ses profondeurs pour se sentir ours et loup. Si l'on s'approche d'un village à travers bois, on se surprend à regarder avec une inquiétude pleine de méfiance ce monde auquel on appartient soi-même, les maisons des hommes, leurs grilles, leurs chiens de garde. Tout spécialement de nuit. Voici des années, dans les Apennins, j'ai renié ma famille, mes racines urbaines et jusqu'à moi-même, tant je me sentais possédé par la *wilderness*, la nature à l'état sauvage. Il m'avait suffi d'observer depuis le plus épais du bois la vie de famille des hommes de l'autre côté d'une fenêtre éclairée.

L'histoire des Bénédictins commence sous le signe d'une lutte épique contre la forêt qui, après l'effondrement de l'Empire romain, envahit l'Europe. Le monastère se dresse au milieu de ces bois, visible à des lieues alentour, il fait irruption dans le paysage à la façon d'un vaisseau spatial qui aurait atterri dans les espaces limitrophes de notre monde. C'est depuis ce lieu qu'on va pouvoir reciviliser et réorganiser la vie, selon des principes chrétiens. Mais la forêt est aussi l'endroit où le diable est le plus perceptible, c'est la caisse de résonance de l'âme, le lieu extrême où l'on peut mettre la foi à l'épreuve et ressentir l'énergie secrète des lieux. Comme le savait bien Frédéric Debuyst, un moine qui découvrit dans la forêt un vide régénérateur, pour ne pas dire zen. Dans la forêt, les tentations ne sont pas cachées par le tumulte de la civilisation urbaine, si bien qu'on les affronte plus simplement. Dante commence son voyage dans une forêt peuplée de visions et Benoît devine en elle un espace idéal pour tout recommencer, après la fin du monde romain. C'est de la forêt devenue ermitage que le saint barbu ressort pour fonder Montecassino.

« Tout a commencé deux siècles auparavant, dans le désert », intervient Gianmario Guidarelli, professeur d'architecture à Padoue, un tout petit bonhomme au sourire malicieux. Nous sommes désormais plusieurs à parler de l'univers bénédictin autour d'une table encombrée de tasses de café. À présent, le petit déjeuner est devenu la partie la plus intéressante du séminaire. Il y a treize ans, un de mes voyages en terre sainte commença de la même manière, par une joyeuse conversation dans le réfectoire du monastère de Bose, dans le Piémont. L'histoire paraît se répéter et m'emporter sur le bon quai. « La vie monastique naît du principe du *desertum*, de la recherche du vide, des tentations de l'abbé saint Antoine, résume le professeur. C'est dans le désert que naissent les premières citadelles des anachorètes, qui ont précédé les abbayes. C'est là que l'homme en quête de Dieu, tel un astronaute, apprend à connaître les limites de la condition humaine. Là que saint Jérôme traduit la Bible en latin et rédige sa vie de saint Pacôme, précurseur des monastères. »

Dehors, il s'est remis à pleuvoir et le potager s'est empli de limaces en pleine transhumance. Je respire le calme à grandes goulées et je m'aperçois qu'il peut être dangereux de faire l'expérience de la vie monacale. Une fois habitué à sa joyeuse convivialité et à ses silences, on se sent suffoquer quand on retourne dans le monde. On a envie de se barricader derrière un mur d'enceinte. Je me demande comment il se fait qu'un endroit pareil ne se laisse pas contaminer par le néant, par la liquidation de l'invisible, par la vulgarité et par les hurlements qui l'assiègent. Comment ne pas comprendre la tentation de se retrancher, qui envahit de nombreuses communautés monastiques ? Y a-t-il un équilibre possible entre la nécessité de s'ouvrir au monde et l'attrait définitif du cloître ? La vie bénédictine tout entière est soumise à cette dialectique. Derrière le bipolarisme qui existe entre le pape François et le pape Benoît se cache cette éternelle opposition. Les Franciscains doivent vivre dans le monde, habiter les lieux, se contaminer.

Les moines bénédictins préfèrent l'espace clos. Mais si leurs monastères se réduisaient à cela, à un espace étouffant et blindé, on ne saurait expliquer la séduction qu'ils ont exercée sur tant de laïcs. N'est-ce pas justement par le biais de l'hospitalité que s'opèrent les vocations ? Toute l'histoire des héritiers de saint Benoît se caractérise par la tentation du faste, mais aussi par de continuels retours à tout ce que les origines ont d'essentiel. L'abbaye de Cluny a été vaincue par la corruption du monde et n'est plus aujourd'hui qu'un monceau de ruines. Mais non loin d'elle, en France, naissaient les Cisterciens, donnant vie à une nouvelle et stupéfiante vague de monastères de plus stricte obédience. Et il pourrait bien en aller de même pour les

Trappistes. « Tous les dix ou quinze ans, déclare Gianmario, le guide spirituel d'une abbaye est remis en cause. Mais attention : il s'agit là d'un signe de vitalité plutôt que de désarroi. Le monastère est un lieu d'expérimentation, et même d'absence de préventions. Les ordres religieux sont bien souvent en avance sur le Vatican. »

Pendant des siècles, le christianisme a fait preuve de cette faculté de renouvellement et d'expansion. Mais qu'en est-il aujourd'hui ? Je me demande si l'on peut croire qu'au temps d'Internet, les abbayes sont encore capables d'édifier un monde, comme il y a quinze siècles. Avec de tels arguments, le modèle monacal peut-il ramener à la raison une société qui exclut les faibles, brûle les ressources et consume la biosphère ? Il est certain que pour qui est assourdi par le vacarme et le superflu, ce modèle offre au moins un radeau de frugalité et de silence, ce qui en des temps comme les nôtres est déjà un don inestimable. Mais je ne suis pas venu ici uniquement pour faire provision de silence. Je suis aussi venu chercher l'Europe et ses racines. Je dois savoir qui nous sommes, d'où nous venons, le mythe auquel nous appartenons. L'abbé vient au-devant de mes questions : « Tu sais, il y en a qui vont chercher en Orient, entre les soufis et les bouddhistes, et à la fin ils sont bien obligés de revenir en Europe pour comprendre que nous avons déjà ici même la réponse à tant de nos doutes concernant la vie. »

Nous sortons vers la bibliothèque, le couloir est glacial. Norberto enfile un passe-montagne et sourit : « Dans un monastère, avec ces murs énormes, on attrape facilement une bronchite. » Et il ajoute : « Je redécouvre sans cesse la règle. D'année en année, son utilité fait ses preuves. Si on l'accepte avec le cœur plutôt qu'avec la raison, elle aide à considérer la vie comme l'histoire d'un salut. La convivialité du réfectoire est le miroir de l'Église… Si Charlemagne confie l'empire aux moines bénédictins, ce n'est pas seulement à cause de leur dense réseau de monastères, mais aussi en raison de l'efficacité de la règle. Saint Benoît a dû comprendre beaucoup de choses ayant trait aux hommes. Il humanise le travail et les rapports sociaux en tant que célébration de la grandeur de Dieu. » Et là, sa voix se fêle sous le coup de l'émotion. « La recherche de Dieu est une entrée progressive dans l'amour et dans la communion qu'Il nous offre à travers ses signes. »

Benoît n'est pas un mystique. Même si la journée est ponctuée par les prières, elle tend entièrement vers l'humain. Son attitude maîtresse vise aussi à édifier et intégrer sous le signe du bon accueil. C'est cela qui a dû séduire et désarmer les Barbares. La non-violence dans la manière d'aborder autrui. La rencontre, caractérisée par trois commandements :

honor, *humilitas*, *humanitas*. Benoît, c'est l'*homo faber*. « Son point de départ, insiste Norberto, c'est la recherche du bonheur de l'individu sur Terre, en équilibre avec la nature et la communauté. » Il ouvre l'Ancien Testament et lit : « Criez de joie pour le Seigneur, hommes justes ! Hommes droits, à vous la louange. Rendez grâce au Seigneur sur la cithare, jouez pour lui sur la harpe à dix cordes. Chantez-lui le cantique nouveau, de tout votre art soutenez l'ovation. » De nouveau, ce commandement de la joie. J'éprouve de la sympathie envers cet homme qui s'approche des Écritures avec l'émotion d'un enfant.

Je lui parle des migrants et de l'intolérance à leur égard, qui ne cesse de s'accroître. Ce qui est tout à fait étranger à notre âme méditerranéenne. Norberto a de nouveau les yeux qui brillent : « Mon cher ami, ici, si nous ne gardons pas les bras levés pour le reste du monde, nous risquons de sombrer. Ce qui se passe autour de nous a une dimension apocalyptique. » C'est une invitation à me mettre en route, à me faire pèlerin, à rompre ma promesse d'en finir avec mes errances « narrabondes » de voyageur qui raconte ce qu'il a vu. Trop de choses se sont enchaînées pour m'amener jusqu'ici.

J'ouvre, sur la table du *scriptorium*, une carte de l'Europe, annotée de ma main, où figurent de possibles destinations. Montecassino, Mont-Saint-Michel, Westminster, Reichenau en Allemagne et

Glenstal en Irlande. La mythique Sainte-Marie-de-la-Pierre-qui-Vire en France, Gut Aich en Autriche, Tyniec en Pologne. L'île de San Giulio sur le lac d'Orta et Pannonhalma en Hongrie. Les moines viennent faire les curieux et j'espère qu'ils vont m'aider à m'orienter, mais curieusement les suggestions se font désirer. En raison du vœu de *stabilitas,* qui les rive à une vie passée dans le même lieu, ils ne connaissent bien que leur propre jardin, et fort mal le reste de la congrégation. C'est une limite qui cache souvent, toutefois, la surprise de nouveaux horizons. « C'est justement parce que chaque abbaye est la sublimation d'un *genus loci*, un génie du lieu, bien précis qu'elle est différente de toutes les autres. Et fais bien attention : même s'ils sont assujettis par ce lien de sédentarité, les moines sont nés voyageurs. La cénobie n'est que le lieu d'arrivée d'un voyage individuel et collectif. Donc, à la fin, d'abbaye en abbaye, tu trouveras le fil blanc d'une route. »

D'où faut-il partir ? De Montecassino ? Non, c'est trop banal, pour ne pas dire touristique. D'Orval, en Belgique, dont la mythique bière abbatiale paraît resplendir dans sa coupe qui évoque le Saint-Graal ? Non, ça ne va pas non plus, la fermentation de l'orge ne suffit pas à justifier un grand départ. Alors quoi ? Pour m'éclairer, j'ai déjà écrit au siège central de la confédération, à Rome, mais même auprès d'eux il m'a été difficile d'obtenir des indications précises.

J'ai reçu en réponse des lettres courtoises, mais vides d'informations. Devant mon insistance, quelqu'un à Rome a écarté les bras en disant : « Il faut bien comprendre que les Bénédictins ne sont pas un ordre… mais un désordre démocratique. » C'est-à-dire : nous sommes un système ramifié, où chaque monastère est maître de lui-même. L'opposé du Vatican et de sa structure pyramidale. « Attention, m'explique-t-on, pour les Bénédictins, la centralisation est démoniaque. »

Je tâtonne à la recherche d'idées. Je me rappelle qu'il y a des années, avant mon pèlerinage en Terre sainte – qui m'avait vu tout aussi démuni avant le départ –, un curé de village, dans la Lomellina, m'a dit que lors d'une expérience spirituelle, les lieux n'ont aucune importance. Ce sont les gens qui comptent. La voie choisie devient secondaire, parce que ce sont les rencontres qui vous guident, au coup par coup. Et je me dis : « Quel crétin je fais. Mon point de départ, je l'ai sous les pieds. C'est Praglia. »

Seulement, le problème ce n'est pas d'où je dois prendre départ, mais qui doit me le donner. J'en parle à un moine qui émince des oignons à la cuisine et dont je ne me rappelle pas le nom. Il me répond joyeusement, sans interrompre sa tâche : « Essaie donc le vieux Notker ! »

Notker comment ? Notker Wolf, un grand moine bavarois, ancien primat général de la congrégation bénédictine. Un puits de science à ce qu'il paraît. Son prénom est un grumeau de lettres ostrogothes et pourtant il sonne très bien à mon oreille. Notker a pour nom de famille Wolf, c'est-à-dire le loup. De quoi rendre curieux Umberto Eco en personne. J'ai mon viatique, je pars.

Il tonne sur les monts Euganéens et je ne sais pas encore que je vais rencontrer un géant.

2
Houblon et encens

Sankt Ottilien, Allemagne

J'ai à Munich un ami italien – Claudio Cumani – astrophysicien de son métier. Il a entendu parler de mon intention de faire la connaissance de l'abbé Wolf et, comme l'abbaye se trouve non loin de chez lui, il a proposé de m'accompagner. L'endroit porte un beau nom désuet, Sankt Ottilien, ou Sainte-Odile, à moins de 100 kilomètres de la ville. En fouillant l'histoire de notre moine, Claudio a fait quelques découvertes, notamment un film dans lequel l'ancien abbé général joue *Smoke on the Water* à la guitare électrique, en compagnie du groupe Deep Purple. On le voit en robe de moine et scapulaire, avec sa croix de bénédictin, tout à fait à son aise entre un batteur et un saxophoniste rock, lancer des notes métalliques dans une tempête d'effets spéciaux et déchaîner une ola dans une mer de jeunes gens idolâtres.

Il est presque incroyable qu'un homme pareil, considéré comme le démon des talibans du catholicisme traditionnel, un homme que les Allemands appellent « *der rockende Abt* », puisse nous confier le viatique d'une aventure parmi le silence des cryptes, des cloîtres et des très saintes nefs. Mais le monde bénédictin n'a pas besoin d'être une antiquité pour devenir quelque chose de sérieux. La biographie de notre homme parle d'elle-même. Notker Wolf, né en 1940, parlant onze langues, fou de musique, a étudié la théologie, la philosophie, la zoologie, la chimie et l'astronomie, il a été missionnaire en Afrique, enseignant à l'Athénée pontifical Saint-Anselme à Rome, il est l'auteur d'une trentaine de livres traduits dans le monde entier, le gourou de nombreux cadres qui vont dévotement le trouver pour apprendre comment diriger une entreprise selon les préceptes de saint Benoît. Je ne saurais trouver mieux.

À l'ouest de Munich, l'abbaye surgit, avec son clocher de bronze, parmi les ondulations des forêts et des champs de seigle. À quelques kilomètres, le bourg de Landsberg am Lech, dans les prisons duquel Hitler écrivit *Mein Kampf* après le putsch manqué de novembre 1923, vient confirmer la règle de l'intime voisinage du bien et du mal en Europe et dans le monde. À l'ombre d'immenses tilleuls, la citadelle de la foi salue ses hôtes dans une bonne odeur de fumier, en italien *letame*, un mot qui n'est pas par hasard apparenté à l'adjectif latin *laetus*, joyeux. C'est la présence de ce noble élément, fait pour réjouir la terre et par conséquent le paysan, qui nous révèle dans son entier la faculté bénédictine d'interpréter l'esprit des lieux. Et en effet, je respire ici à pleins poumons l'âme agricole de la Bavière, une âme féminine, un peu comme dans le sud de l'Italie où la Vierge Marie a beaucoup plus d'importance que le Christ.

À Sainte-Odile, entre laudes et vêpres, sont nées une étable hypertechnologique et une centrale photovoltaïque et à biogaz, qui produit plus du double de l'énergie nécessaire pour faire marcher tout le bâtiment. Et puis il y a la brasserie, la menuiserie, les chambres d'hôtes, le poulailler, la maison d'édition, l'école supérieure, l'abattoir, la forge et même une petite gare de chemin de fer où un train s'arrête toutes les heures. Et des forêts, des prairies, des vergers. Une leçon d'autonomie lancée à la figure de la mondialisation. Je circule avec Claudio parmi les allées de cette entreprise de Dieu, nous foulons les graviers, à la fois méfiants et dépaysés. Peut-être éprouvons-nous quelque chose qui se rapproche de l'émotion du Barbare du haut Moyen Âge le jour où il est entré pour la première fois dans un monastère.

Ce nomade arrivé d'on ne sait trop où a dû être bouleversé de se trouver confronté à des univers aussi riches et désarmés, dans des endroits perdus, et d'y découvrir une telle activité : le souffle des alambics, l'odeur de lait caillé et de fromage, les magasins, les fours, les lavoirs, les étables, les écuries, les viviers, les potagers, les ruches, les bibliothèques, les écoles, le tout dans un cadre de liturgies fascinantes. Je le vois, comme si j'y étais, ce Hun ou cet Ostrogoth descendre de cheval et ressentir la stupeur de l'enfant devant le mystère d'un rituel fait de révérences, d'encens, de cierges allumés, de chants choraux, de cérémonies liées au symbole du vin et du pain. Une expérience de tous les sens, rodée au fil des siècles et imbattable pour ce qui est de capturer simultanément l'odorat, le toucher, l'ouïe, le goût et la vue. Quand le fils des steppes s'éveillait de son rêve, il était trop tard : le sentiment de cette communauté en prières lui avait déjà été transmis par des canaux capables de contourner les barrières de la raison et la curiosité de connaître le Christ était déjà entrée en lui.

Le christianisme était fort, simple et compréhensible, pour les hordes barbares. Et le moine qui vient au-devant de nous, ponctuel, le long du corridor du parloir, est lui aussi fort, simple et compréhensible. C'est un bel homme, à la tête argentée, charismatique et conscient de son charme. « Nous sommes des paysans », confirme-t-il avec modestie après quelques échanges de reconnaissance réciproque. Allons bon. L'homme qui a été primat à Rome ne s'égare pas en discussions théologiques. Il nous emmène aussitôt voir les potagers, la salle de traite, les canards. Il appelle les merles en sifflant, caresse les fleurs, ouvre le jet d'eau de la fontaine qu'on a oublié d'actionner, se laisse docilement photographier par les visiteurs. Il parle en déambulant et ses bras ont les gestes larges du semeur, car il sait que la parole, tôt ou tard, porte ses fruits. Semer n'est pas le geste du seul paysan. C'est aussi celui du témoin de la foi, qui sait bien que son récit est le résumé d'un nombre infini de rencontres, voulues ou fortuites, seul à seul ou en groupe, d'un homme qui après le labourage continue sans se retourner et sans jamais revenir sur ses pas, parce qu'il sait bien que tout ce qu'il a disséminé laissera une trace. Le tout sous le signe de l'allégresse, premier commandement de Benoît et enfant chérie du *letame*, du fumier.

Dans cette Bavière paysanne et joyeuse, en chemise à carreaux, plongée dans la terre, où les gens portent des gros godillots de travail poussiéreux, je me demande comment a pu naître un Ratzinger, cet être mélancolique en escarpins rouges ou en douces pantoufles pontificales. La Bavière campagnarde est démocratique, une terre où riches et pauvres aiment à porter le même uniforme, un provocant *Dirndl* pour les femmes, le *Lederhosen* pour les hommes, et où aucun homme politique ne peut remporter les élections s'il ne tient pas une chope de blonde pétillante à la main. Mais alors, la volonté de remettre l'Église à l'heure ancienne suffirait-elle à expliquer les signes désormais démodés de supériorité hiérarchique choisis par le pape allemand pour se vêtir ? Le *camauro*, ce bonnet rouge doublé de fourrure blanche qui en ourle le bord, ou la *mozzetta*, cette courte cape des ecclésiastiques que personne n'osait plus endosser aux échelons supérieurs du Vatican ? N'y a-t-il pas, dans ce choix, une contradiction fondamentale avec ses origines et même avec son nom de souverain pontife, Benoît XVI ? Peut-être est-ce justement cette contradiction qui a engendré sa tristesse et ensuite sa démission de la charge de chef de la chrétienté. Un « grand refus » qui a débouché sur l'inévitable conclusion du choix monastique de la *stabilitas*. Un retour à l'esprit de saint Benoît.

Les moines allemands servent aussi de pompiers. Quand un incendie se déclare, ils sautent dans leur voiture-citerne, coiffent leurs casques et foncent dans un hurlement de sirènes. Les monastères sont avant tout des entités qui fonctionnent. Toute tentative de scinder leur architecture selon une fonctionnalité précise des différentes parties est vaine, une fonctionnalité sans doute plus évidente encore à l'époque des invasions barbares, quand les campagnes de l'Europe étaient à l'abandon et les villes l'image même de la décomposition. L'abbaye colonisait des territoires marginaux. Elle gouvernait, littéralement, les périphéries de la planète. Elle était l'archétype d'un modèle matériel et spirituel dont le cloître n'était que le centre de gravité. Un système capable d'abasourdir de prime abord et de convaincre même ces monstres de cruauté qu'étaient les Hongrois, persuadés d'adopter un mode de vie sédentaire grâce à l'énergie spirituelle de ses habitants vêtus de noir.

Mais dis-moi donc, mon bon abbé, comment ferons-nous pour comprendre tout cela, nous qui avons perdu la boussole et tous nos points d'ancrage spirituels, nous qui sommes envoûtés par les joueurs de flûte de la peur ?

« C'est tout simple. Le travail, voilà ce que Benoît a sanctifié en inventant un système révolutionnaire de cohabitation, un moyen de maintenir ensemble ceux qui cherchent Dieu, un mode de vie discipliné par une règle précise et par un père spirituel qu'on appelle abbé. Il leur demande de lire beaucoup, et donc de savoir lire, mais aussi de travailler la terre. Le moine est celui qui se nourrit par son travail manuel. Certes, ces hommes étaient et sont encore ancrés à l'invisible, mais ils n'en sont pas pour autant des mystiques. Ce sont des hommes pratiques, capables de se transcender, ayant l'expérience de la vie communautaire. Le saint se montre critique envers les ermites : ils sont trop seuls pour avoir un juste rapport à Dieu. Les principes fondamentaux sont clairs. Respect de l'individu, écoute de la communauté entière, partage des responsabilités. »

L'abbé nous décline des principes oubliés du monde, et pourtant éminemment actuels, puisque l'on sait qu'une procession de chef d'entreprise défile chez les Bénédictins, afin d'y apprendre le « zèle fructueux » dans la gestion de leurs affaires. Il nous raconte l'abolition des monastères au temps de Napoléon, qui entraîna l'effondrement de l'économie allemande. Il paraît qu'au bout de quelques années, le roi de Bavière, initialement d'accord avec les Français, aurait confié à ses proches : « Je regrette bien d'avoir abattu le cochon égaré », et il aurait rouvert la porte aux Bénédictins. J'ai aussi entendu parler d'un livre que l'abbé rockeur a écrit avec la sœur Enrica Rosanna, une religieuse salésienne qui a son mot à dire au Vatican : *Die Kunst, Menschen zu Führen*[1].

Je demande à Notker : « Mais vous, vous les fils de Benoît, comment faites-vous pour éclairer un monde plein de gens impatients et agressifs, où seuls comptent les chiffres du profit ? Comment faites-vous, à l'époque de la vélocité digitale et des fausses nouvelles qui balaient toute possibilité de réflexion ? Comment pouvez-vous croire que vous allez changer une Europe qui ne se pose plus aucune question et avance ballottée par un vent puissant qui envoie bouler nos tours de guet et nos remparts ? »

Notker me regarde, comme pour dire : je ne peux pas changer le monde, mais je peux quand même exercer une influence. « Je le répète aux

1. *L'Art de diriger les gens*, non traduit en français.

chefs d'entreprise qui m'invitent à m'exprimer : créez une atmosphère de dialogue et non pas de peur. Protégez-vous des béni-oui-oui et des décisions centralisées. Le centralisme est diabolique. Il commande plutôt que de servir. Ils devraient le comprendre à Bruxelles. Si l'Union européenne prêtait l'oreille à ses diverses âmes, nous n'aurions pas de situations telles que la Catalogne. »

Le saint enseigne qu'il faut abattre les individualismes et les égoïsmes, mais aussi renoncer aux idéologies. Les ordres tyranniques et absolus ne doivent pas exister. La règle tient compte de l'imperfection humaine, dans sa manière de scander la journée et même dans ses choix alimentaires. Il faut manger de la viande avec parcimonie, à moins d'être malade. Boire du vin de façon modérée, à moins d'être un travailleur de force. Les « à moins » de Benoît sont la concrétisation d'un bon sens qui a permis à tout un continent de refleurir.

« *O Gott, du lenkst mit starken Hand…* », ô Dieu, tu diriges d'une main ferme… À l'office de la sexte, la sixième heure, la langue allemande résonne dans la nef de l'église, située au milieu de l'abbaye-entreprise, et donne, par ce seul son, une leçon de rigueur. Nous déjeunons dans la salle des visiteurs, bondée d'Allemands en quête de Dieu, et l'on se nourrit en communauté et dans l'abondance. Des serveuses allègres et bien en chair nous distribuent des pommes de terre rissolées, des *Naturschnitzel* et des petits pois, du *Strudel* et du café. La cuisine est un gynécée, peuplé de matrones. Claudio commente : « Ici, on accueille non seulement le côté féminin du monde, mais aussi le féminin qui habite au fond de chacun d'entre nous. »

Je suis stupéfait par Notker. Je pensais qu'il allait nous liquider en une heure à peine, mais pas du tout ; il ne nous lâche pas, il nous sert de guide pendant toute une journée. Il habite avec naturel et bonheur la *Heimat* qui a vu naître sa vocation. « Après seize années à Rome, dit-il en souriant, me revoilà à Sainte-Odile, avec la sensation d'être revenu chez moi. Peut-être que les pâtes italiennes me manqueront, mais seuls ceux qui les ont goûtées peuvent me comprendre… C'est ici, toutefois, que sont mes racines, ici que j'ai appris le métier d'abbé, ici que j'ai été illuminé pour la première fois. J'avais 2 ans, c'était en 1942, il y avait au loin cette chose qu'on appelait la guerre, et je ne parviens pas à oublier l'instant où j'ai été enchanté par la lumière qui traversait l'encens et par les chants de l'église. »

Sankt Ottilien est une abbaye relativement récente. Vers la fin du XIXe siècle, un artiste se fait moine et il commence à construire ce bastion de la foi, au nom d'une sainte qui s'appelait Ottilie ou Odile. Puis il le projette vers le monde, avec des activités missionnaires en Afrique. En 1941, le bâtiment est réquisitionné par la Gestapo et transformé en hôpital militaire. En 1945, on y installe des juifs qui ont survécu aux camps de la mort. C'est un retour à l'espérance qui voit la naissance de plus de quatre cents enfants. Lesquels, aujourd'hui encore, devenus adultes, reviennent en visite à l'Arche du salut pour revivre et raconter le miracle. Un pré, cerné d'un mur, narre leur histoire : des pierres tombales portant l'étoile de David à quelques mètres de celles des soldats allemands, fraternisant dans un armistice *post mortem*.

Nous cheminons vers le petit cimetière de l'abbaye dans un vacarme de passereaux, merles et mésanges. Les tombes des moines sont logées dans un parterre fleuri, commun à tous, à côté de tilleuls odorants. Des tombes en terre, toutes simples, avec au-dessus une croix en fer forgé qui porte les symboles de l'ouvrage accompli. Enclume et marteau, rabot, cisailles de jardinier pour l'ouvrier, le menuisier, le maraîcher. Et puis l'imprimeur, le trayeur, le lecteur de manuscrits, et même l'hébraïste. Et la tombe de notre homme-loup est, elle aussi, déjà préparée, au sommet d'une légère convexité du terrain d'où la vue s'ouvre vers les forêts, les champs et les fleuves de la Bavière du côté du matin. De là, on n'a aucun mal à s'imaginer l'aube qui surgit des montagnes de Bohême, perce les grandes fenêtres de l'abside et trace des auréoles de lumière autour du chœur qui l'invoque. Un chant matutinal qui n'enregistre pas, mais garantit et détermine peut-être le retour de la lumière. Ici, le rapport de cause à effet s'inverse. Sainte-Odile nous dit que chacun de nos gestes, si petit soit-il, peut avoir une influence sur le monde. L'église qui cherche l'Orient, ayant derrière elle, toujours, la vibration sonore. Le cri primordial qui est à l'origine de l'univers.

Mais alors, dis-moi, mon bon Notker, toi qui portes le froc et la ceinture, toi qui as eu une vie diligente et pleine, dis-moi : quel est ton rapport avec l'éternel ? Debout à côté du monticule de terre qui l'accueillera, l'homme en noir nous surprend encore une fois : « Plutôt qu'à l'éternel, je pense au moment de la rencontre définitive avec Dieu. Ce Dieu que je trouve déjà en célébrant la plénitude de la vie, ou alors dans l'intimité de la communion. »

Quelques gouttes de pluie commencent à tomber, il lève les yeux au ciel et sourit : « Là, vous voyez, pour les pessimistes, voici ce qu'on appelle se trouver sous la pluie. Pour nous, c'est prendre une douche sous les nuages. » Des merles chantent autour de leur nid. On entend des grondements de tracteur au travail dans la campagne. Mais le fil de son discours ne s'interrompt pas. « Nous autres, Bénédictins, nous ne pensons pas trop à l'éternel dans le sens horizontal de la durée. Je m'imagine l'instant où je m'assiérai à la table des noces… »

Mais dis-moi encore, toi qui connais les hommes, mon cher Wolf, dis-moi s'il existe une parenté entre l'Europe du VIe siècle et celle d'aujourd'hui.

Le Loup s'arrête sous un grand marronnier, puis il répond : « Oui, elle existe. Il y a l'égarement des peuples, ainsi que les migrations. Mais il y a aussi une différence énorme : les moines d'aujourd'hui n'ont plus la force de ceux d'alors. Au IXe siècle, la Bavière regorgeait de monastères… En l'an 1100, les Cisterciens, partant de France, en ont fondé des centaines en quelques années… Une énergie spirituelle, une force explosive impensable au jour d'aujourd'hui. »

Le soir descend. Nous passons à côté d'une petite maison où sont logés vingt-trois réfugiés syriens et africains. Dehors, trois petits enfants jouent. Ah, combien il importe peu à cet homme vénérable qu'à Munich le gouvernement chrétien-démocrate soit mécontent de ce choix. Les hommes de saint Benoît suivent le droit chemin, même si dans la moitié de l'Allemagne les néonazis xénophobes font la loi !

« Nous avons accueilli huit Kurdes musulmans que l'État voulait expulser. Leurs petits ont fréquenté notre école sans aucun problème. » Benedictus « fonctionne » partout. En Chine, en Inde, en Colombie, au Venezuela, à Cuba, aux Philippines, au Kenya, en Ouganda. Et jusqu'au pays des Zoulous. Le plus grand monastère bénédictin au monde ne se trouve pas en Europe, mais en Corée du Sud. « Tout est possible. Il suffit de parler avec les gens. »

En effet, mon cher abbé, s'il y a une chose que nous avons perdue, c'est l'écoute. Nous sommes seuls, nous avons peur. Mais Notker, là aussi, a la réponse. *Schluss mit der Angst* – la peur, ça suffit comme ça, et aussi la politique fondée sur la peur, parce que c'est là que l'agressivité a ses racines – est justement le titre d'un de ses derniers livres. Seul celui qui n'a pas peur connaît la plénitude de la vie. « En qualité d'abbé, j'ai surtout travaillé à évacuer la peur de l'horizon du monastère. »

Cher Notker. Il nous a consacré une journée entière, il nous a invités à manger à sa table, il a plaisanté avec nous. On dirait qu'il a tout le temps du monde à sa disposition. Après le dîner et les complies, il ne va pas encore se reposer. L'abbaye possède aussi sa fanfare dans laquelle il joue, en bon Bavarois qu'il est. Moines et laïcs, certains en culotte de peau réglementaire, se réunissent dans une petite salle à part, afin de ne pas déroger à la règle du silence. En Allemagne, on n'en a jamais fini avec les surprises.

« Quand je m'exerce à la flûte traversière, je vois que les animaux m'écoutent, avec beaucoup de curiosité. Le jour de la procession de la Fête-Dieu, les vaches sortent souvent nous regarder. » Il explique qu'une partie de l'Église catholique peine à comprendre la vie monastique. « Nous ne sommes pas des contemplatifs. Notre attitude tend plutôt à la méditation. Ce qui veut dire que nous mâchonnons la parole jusqu'à ce qu'elle ait rendu toute sa saveur et qu'elle nous soit entrée dans la chair et les os. Notre vie active ne nous fait jamais oublier l'art ni la pensée. L'*otium*, le loisir, au sens latin du terme, est d'une utilité absolue. Ce qui nuit à l'âme, c'est l'*otiositas*, l'inactivité, la paresse. »

Adieu, Notker, ou, si Dieu le veut, au revoir. Je ne t'oublierai pas, me dis-je en te regardant t'éloigner, léger, parmi les tilleuls, le scapulaire soulevé par un vent chaud, sous la pluie. Ton message resplendit encore plus dans ta citadelle assiégée par des foules de gens sourds, hébétés et avides de biens matériels. Il s'adresse aussi aux laïcs, aux mécréants. Il a une extraordinaire puissance de conviction.

« Dites donc, rappelez-vous que les Bénédictines existent ; le message de notre saint vaut aussi pour les femmes », nous as-tu dit en souriant, te retournant une dernière fois, tandis que tu t'éloignais.

Oh oui, cher Notker, un tel rappel ne pouvait pas nous paraître aussi clair qu'ici même, dans ta Bavière, grande pourvoyeuse de nourriture, mère de toutes ces grandes terres regorgeant de lait et de bière. L'église de Sainte-Odile est indiscutablement une mère. Et son clocheton octogonal, suspendu au-dessus d'un transept plein de chants, d'encens et de litanies, ressemble à une jupe prolifique, capable de régner sur tout et de tout inclure. Une large jupe paysanne, faite pour recueillir les pommes de terre, mais aussi pour accoucher, comme dans la scène initiale du *Tambour* de Günter Grass. Elle me laisse penser que mon voyage peut prendre un élan inattendu, explorer une dimension nouvelle.

« *Jubelt im Herrn* », les litanies des vêpres nous parviennent de loin, avec toute la force chorale que les nefs gothiques sont capables d'exprimer, et je vois les rafiots des pauvres migrants errer de port en port, repoussés par des dirigeants masculins qui agitent l'Évangile. Je repense aux fils de fer barbelés qui font de nouveau leur apparition et au Malin qui parcourt librement notre monde. Et qui ricane en nous voyant nous prêter docilement à son petit jeu. Nous qui avons renié le côté féminin de l'Europe.

Une journée inoubliable s'achève, le ciel est un incendie. Nous respirons le silence à grandes goulées sous un immense platane, en sifflant une chope de bière que nous apporte un serveur cérémonieux en *Lederhosen*. Décidément, quand on est en quête de Dieu, il est plus facile de le trouver ici, parmi les vaches et les poules, que dans les paroisses où l'on craint Dieu.

3
La patience de la pelote

Viboldone, Lombardie

Le second registre sonore de ce pèlerinage sacré n'est autre que le grondement des atterrissages à l'aéroport de Milan-Linate. Les jets survolent à la queue leu leu l'abbaye féminine de Viboldone et sa robuste église médiévale en brique rouges, plantée au milieu d'une prairie, jadis en pleine campagne et désormais dans la banlieue de Milan. À croire que c'est fait exprès : tout ce que la modernité peut avoir de pire semble s'être coalisé contre cet îlot de paix, pour en extirper le silence. Parce qu'il n'y a pas que les avions, figurez-vous. D'un côté, il y a le fleuve de voitures et de camions de l'Autostrada del Sole, de l'autre les Frecciarossa, trains à grande vitesse. Sans oublier la Via Emilia et ses ronds-points insensés, les pylônes des lignes à haute tension, les crissements de pneus de la pègre des banlieues qui se réveille quand il fait nuit, et en prime les bouchons autour du cube bleu de l'Ikea du coin et d'autres cathédrales de la grande consommation.

« En invoquant ton nom, nous racontons tes merveilles. » Depuis l'abside arrivent des chants d'une grande suavité. J'en cueille au vol quelques perles : « Être avec toi est la plénitude de la joie », « Je maintiens tes colonnes en sécurité ». Il faut aller à Viboldone, m'ont dit mes amis du monastère de Bose, lorsque je leur ai expliqué que je cherchais l'aspect féminin de Benoît. Et me voici à présent ici, en compagnie d'Irene, ma compagne ; elle a préparé un petit dossier sur chacune des abbayes du voyage : un travail important qui se révélera bien utile. Je pénètre avec révérence, en même temps qu'elle, dans cette forteresse de la foi, encastrée entre les derniers groupes d'immeubles de la métropole et les premières rizières d'une extrême verdeur, avec son campanile perforant le ciel chargé de pluie. Les campaniles lombards sont robustes, on dirait des tours de guet contre l'ennemi. Leur tintement sévère est un appel aux armes. Pourtant, je ne vois pas ici de hordes islamistes ou païennes assiégeant l'abbaye. Les Barbares sont les gens de chez nous. Nous nous chargeons personnellement de démanteler l'invisible.

À Viboldone, le sacré, que l'on pourrait croire annihilé à force d'être cerné par la machine de la consommation, vous foudroie dès que l'on pénètre dans la nef médiévale couverte de fresques de l'époque de Giotto. On est à bord d'un canot de sauvetage, on se sent accueilli. On passe d'un monde où Dieu est superflu à un monde impossible à comprendre sans lui. Ici, l'Europe a le visage des petites moniales en noir, entonnant dans le chœur les chants de la sexte, la sixième heure du jour. Elle a le sourire de sœur Maria Antonietta qui nous sert un excellent repas, à moi, à Irene et aux trois autres hôtes du monastère. Pâtes à la sauce tomate, soles, aubergines, salade et gâteau de semoule pour le dessert.

L'Europe a le regard maternel de l'abbesse Maria Ignazia Angelini expliquant que le premier commandement de Benoît est cette chose évidente, pourtant oubliée, qu'on appelle l'écoute. L'écoute patiente d'autrui, de l'être humain et de sa voix. Et par conséquent, l'hospitalité. Un commandement que trop de gens ignorent aujourd'hui.

« Pauvre Benoît, il y a trop de gens qui le tirent par son habit, on veut lui faire dire trop de choses. Bon, d'accord : il prône l'activité manuelle en tant que moyen de s'élever, ce qui était tout à fait révolutionnaire pour l'époque. Comprenons-nous bien, ici, au monastère, les ustensiles de cuisine ont autant d'importance que les vases sacrés de l'autel. Mais sanctifier l'activité manuelle ne veut pas dire que Benoît est un théoricien de l'efficacité et de la production en soi. De nombreux chefs d'entreprise viennent trouver les Bénédictins pour découvrir leur secret et ils oublient qu'à la base de tout, il y a la construction d'un réseau de relations entre des gens différents, cette inimitable sagesse qui sait donner de la valeur à l'humain en tant que tel et ne recule jamais même face au Barbare. C'est Benoît qui a transformé l'*hostis* en *hospes*, l'ennemi en hôte. Dans le livre de Grégoire le Grand sur la vie de notre saint, l'épisode où Benoît désarme par sa douceur l'agressivité du roi Totila est une révélation… »

L'église de Viboldone met en garde contre les dangers d'une distorsion de la parole dans le sens d'une recherche de l'efficacité à tout prix. Elle a été fondée en l'an mil par une confrérie laïque ayant pour nom « les humiliés », lesquels, en bons Lombards, s'enrichirent énormément en trimant jour et nuit pour produire de la laine et des denrées alimentaires. Ils s'enrichirent même à tel point qu'au bout de plusieurs siècles, lorsque Charles Borromée voulut ramener la confrérie à sa simplicité originale, l'un de ses membres chercha à lui régler son compte d'un coup d'arquebuse. Après cette tentative d'homicide, l'ordre fut aboli et ses richesses furent confisquées. L'église passa aux Olivétains, une confrérie plus obéissante, et les magnifiques fresques de la nef furent badigeonnées à la chaux, dans le cadre d'une impitoyable *damnatio memoriae* qui ne s'arrêta même pas devant la représentation du Christ et de sa sainte mère.

Aujourd'hui, les peintures du XIVe siècle reviennent à la lumière du jour, parfaitement conservées, grâce à cette chaux blasphématoire. Dans une mezzanine intérieure, au-dessus du portail, on remarque l'affairement silencieux des restauratrices – des femmes, elles aussi – occupées à faire ressurgir des yeux, des mains, des draperies aux couleurs encore éclatantes. L'acoustique de la nef est parfaite, on entend chaque pas, chaque grincement. Un haut-parleur de l'âme. Ici, l'Église n'est pas une structure, elle ne se réduit pas aux cardinaux, au pouvoir et peut-être même pas au pape, on le voit mieux qu'ailleurs. L'Église s'incarne dans ces fresques, ces paysages. C'est la prière solitaire d'une créature perdue face à l'indicible, une prière qui devient chant, d'abord solitaire, lui aussi, puis choral.

Il pleut sur les vertes rizières de Lombardie et l'abbaye des dames paraît vous dire qu'aujourd'hui la véritable terre des missions n'est plus l'Afrique, mais cette Europe qui perd la boussole, réduit la foi à la simple esthétique, joue avec des miasmes mortels, n'attend plus la révélation et l'annonciation, ce continent où les pays mêmes qui ont voulu l'Union paraissent vouloir à présent tout envoyer au diable vauvert. Ici Benoît, lu au féminin, révèle la force et la modernité de son message, intact après quinze siècles. Ce n'est pas un hasard si de grands hommes, tels que le cardinal Carlo Maria Martini, ou don Luisito Bianchi, prêtre ouvrier et partisan, ou encore l'abbé Escarré de Monserrat, recherché par Francisco Franco, ont cherché refuge dans ce périmètre sacré, où le message est exalté plutôt qu'humilié par le vacarme du monde.

C'est ici que naît le paysage lombard. Son harmonie hydraulique, l'équilibre entre l'eau et la terre, l'essence de la « plantation lombarde » – platanes, mûriers, saules, chacun avec sa fonction précise – sont littéralement sculptés par le monachisme, me raconte Franco Lacchini, un ex-soixante-huitard amoureux de Viboldone qui, avec d'autres volontaires, se propose pour accompagner les visiteurs. Les Bénédictins ont fait des choses inimaginables. Ils ont détourné le Pô à Guastalla pour récupérer des terres fertiles et ils l'ont fait confluer avec l'Oglio. Un labeur pharaonique, mené à bon terme sans aucun des moyens modernes. « Regardez donc autour de vous, nous exhorte-t-il, nous sommes immergés dans les prés des Cisterciens, irrigués en permanence » et il indique les vestiges d'un réseau de canalisations qui, en permettant cette irrigation minimale et constante, par l'entremise d'un admirable jeu de convexités, de versants et de pentes, empêchait l'eau de stagner et permettait d'obtenir jusqu'à sept récoltes de fourrage par an, le fourrage étant l'essence de ces temps-là, puisqu'il nourrissait les bêtes de somme.

Nous sommes devant la gloire de l'amendement, plutôt que devant la simple culture. « Amender » : encore un autre mot chargé de symboles, qui se révèle justement ici, dans la brume de Viboldone et dans sa riche terre de nappes phréatiques. Si le fumier apporte la foi, l'amendement, lui, améliore la terre à travers un savant contact avec la pureté sacrée de l'eau, laquelle est d'ailleurs l'eau même du baptême. Rendre meilleur. Améliorer. Dans l'agriculture, on rencontre la théologie et la métaphore. Il fut un temps où même les plus humbles des paysans savaient que Dieu contient le miracle féminin de la fertilité. De nos jours, la terre n'est plus pour nous une mère nourricière. C'est tout au plus une putain qu'il faut achever. Un objet de consommation, où le sacré est une entrave.

Nous voyons passer en plein vol des hérons, des aigrettes, un ibis. Ce sont les derniers hôtes de la campagne métropolitaine. « Avec la mécanisation, on a liquidé en un clin d'œil l'histoire de tout un millénaire, explique Franco. Il y a encore trente ans, la ferme était habitée par deux cent cinquante salariés agricoles, aujourd'hui c'est une structure à moitié vide qui attend d'être transformée en déploiement de petits pavillons. L'élevage des moutons est terminé lui aussi : pourtant, au XVIe siècle, il fournissait une laine d'une telle qualité qu'elle faisait de la concurrence aux Flandres. Il ne reste guère que quelques bribes de rizières. Quant au maïs, on ne le mange plus, il est transformé en diesel bio. Les bulldozers ont aplati les ondulations des prairies au rayon laser. Les canaux, eux aussi, sont *kaput*, parce que aujourd'hui, il faut économiser l'eau. Les abeilles ont disparu. La terre n'est plus amendée, mais violentée. Et pourtant, l'empreinte des Bénédictins est encore si forte qu'on la voit partout. »

L'église aussi aurait disparu, si les Bénédictines n'avaient pas été là pour la défendre ; et pourtant elles sont arrivées ici les dernières, appelées par le cardinal Schuster, lors des années d'urgence de la dernière guerre. Aujourd'hui, grâce à la restauration, on a vu ressurgir une fantastique bichromie d'enduit et de briques caractéristique des Cisterciens : trois clefs de voûte gothiques sur un édifice roman, soutenant un ciel théologique couvert de fresques par l'atelier de Giotto di Bondone et de Giusto de Menabuoi. Dans l'abside, je trouve la crucifixion la plus féminine que j'aie jamais vue : la Sainte Vierge qui s'évanouit, le hurlement de Madeleine, les femmes montant jusqu'en haut du Golgotha à la suite de Jésus. Le péché originel lui-même est vécu au féminin : la pomme, c'est Adam qui la tient, tandis qu'Ève, les cheveux dénoués, contemple le crucifix comme si elle était libérée. C'est stupéfiant.

À Viboldone, on en vient à croire que le Christ a su apporter la première pensée féminine de l'histoire des religions monothéistes, après l'irruption des dieux masculins violeurs dans le grand gynécée qu'avait été la Méditerranée. La perception, évidente parmi les peuples primitifs, de la rondeur et de la sainte fertilité de la terre, avait été mise à mal par les peuples guerriers du Nord et, avec l'homme de Nazareth, on a tout simplement récupéré une sensibilité née du monde antique et de ses déesses mères. Mais ensuite, l'Église a rétabli la primauté masculine, à laquelle seul le monachisme parviendra à déroger. Une silencieuse pensée m'effleure : les soutanes des prêtres ne sont qu'un stratagème pour usurper le rôle des femmes dans la communauté de la foi. Ici, à Viboldone, la coupole de Saint-Pierre elle-même devient la métaphore d'un parapluie maternel et protecteur, réquisitionné par le clergé masculin, et pour finir d'une trahison de la pensée révolutionnaire des premiers chrétiens.

Mais au XIVe siècle, la pudibonderie de la contre-réforme n'existe pas encore et voici que de la pénombre de l'église ressurgissent au moins neuf maternités, dont une où l'on voit une Marie aux seins généreux. Quelle harmonie, quelle grandiose métaphore de l'hospitalité ! Les bavardages étouffés des restauratrices au travail sont féminins. Comme l'est le chant des moniales vêtues de noir, des deux côtés du chœur. Ainsi que la table préparée pour les hôtes, avec au centre une bouteille de Bonarda couleur de sang. Et aussi le trille vespéral des escadrilles d'hirondelles qui, tout en voltigeant autour du campanile, hurlent qu'elles préfèrent les anfractuosités et la rugosité du sacré aux surfaces déshumanisées des supermarchés voisins. On dirait qu'elles perçoivent la maternité des temps anciens.

Le soir, avant le dîner, par une porte entrouverte sur le côté de la clôture, je vois une moniale très âgée, occupée à filer près d'une lampe de table, avec sur le pavage une pelote de laine blanche au pied de sa robe noire, dans un superbe jeu bicolore. C'est un petit film de quelques secondes, dans lequel cette vierge d'un âge vénérable a le temps de montrer une douceur inattendue et poignante de femme enceinte et, dans ces brefs instants, de faire voir aussi les traits de la déesse mère, de la Parque, de la sibylle. Je l'entends fredonner une berceuse qui me paraît orientale, mais qui est peut-être italienne. Elle, toujours elle. La madone noire, l'*alma mater*, la migrante épuisée débarquant sur la terre ferme, tenant son petit par la main. Tendre un fil est une activité féminine vieille de plusieurs millénaires. Le fil d'Ariane, par exemple, permettant à un Grec de trouver la sortie du labyrinthe. Ou le fil rompu d'Europe, fille d'un roi phénicien, qui fut la première à franchir, pleine de crainte, la Méditerranée et qui donna son nom à notre morceau de la planète.

J'explore le labyrinthe de l'abbaye, en proie à une bienfaisante aliénation, loin du monde et de sa démence croissante. Je n'entends plus les avions qui atterrissent à Linate. Je retourne dans l'église, faiblement illuminée. Je m'assieds sur un banc, je ferme les yeux. Avec lenteur, je respire, en paix avec moi-même. Puis, je lève les yeux, à la hauteur de la croisée principale de la nef. Je suis des bataillons d'anges, de prophètes, de saints, jusqu'à l'endroit où l'œil est happé par une fresque ronde. À l'intérieur du cercle, une femme nimbée d'une auréole, un fuseau à la main. L'archétype, vieux de plus de sept siècles, de ma moniale fileuse à la pelote, à peine entrevue dans un couloir du monastère. J'en ai le souffle coupé. Parfois, dans les voyages, un élément bien plus puissant que le hasard entre en jeu. Le destin, peut-être. Ou la Providence. Ou bien une de ces syntonies gratuites venues engendrer des courts-circuits inouïs entre les choses, les souvenirs et les visions.

Qui est cette femme ? Je regarde autour de moi et je découvre, en face de l'image, un rond symétrique, avec une figure masculine nimbée d'une auréole, un autre saint, qui tente de me dire quelque chose dans la pénombre. Benedictus, Benoît. C'est lui, le grand patriarche. Reconnaissable entre tous. Et alors, je n'ai plus aucun doute. Je me trouve devant Scolastique, sa sœur jumelle, fondatrice de la branche féminine de l'ordre. On dit qu'en accouchant de ces deux créatures bénies par le Très-Haut, leur mère y laissa la vie. On sait de Scolastique qu'elle fonda un monastère à quelques kilomètres de Montecassino et que les jumeaux, une fois l'an, se retrouvaient à mi-chemin afin de comparer leurs expériences respectives. Mais le fuseau, dans tout cela ? Je n'en ai pas trouvé trace dans les textes consultés jusqu'à présent. Je ne me hasarde pas à imaginer d'où a pu venir ce symbole, dans une peinture postérieure de huit siècles à l'histoire des deux saints.

Je rencontre l'abbesse, une des dernières personnes à se coucher. Elle s'assied à côté de moi et raconte. J'apprends qu'à Viboldone, il n'y avait pas seulement les humiliés, mais aussi les humiliées, lesquelles avaient adopté la règle de saint Benoît. Le masculin et le féminin de la même pensée. « Au XIVe siècle, les moniales filaient et tissaient la laine, tandis que les moines se chargeaient de teindre le drap. » Un parfait système économique, dans le cadre duquel chaque phase du travail est gouvernée par un symbole. « Le symbole du filage exprime, me semble-t-il, le travail d'humanisation de l'Europe que les jeunes, aujourd'hui, sont appelés à imaginer et à créer. » Je reste sans voix, frappé par cette extraordinaire coïncidence de nos pensées. La pelote, le fil, la femme, l'Europe.

Mais à Viboldone, on a entre les mains l'écheveau de bien d'autres pelotes. Des réseaux transversaux, dont on parle peu. Des réalités qui ont planté racine dans les zones frontalières entre la banlieue et les rizières.

Forteresse de la spiritualité, de l'hospitalité et du partage, où la femme joue un rôle primordial. Des endroits tels que la ferme de Corte San Giacomo, une ancienne grange de l'abbaye cistercienne de Chiaravalle. « C'est là que travaillent trois femmes littéralement incendiaires, raconte Franco, ébloui. Il y a sœur Ancilla, sœur Gloria Mari et sœur Marta Campostano, qui ont fondé l'association Nocetum, consacrée aux personnes en difficulté. Elles ont accueilli les mamans des bateaux, les femmes des migrants, organisé des rencontres entre chrétiens et musulmans, repris en main un territoire abandonné et enfermé dans la méfiance. » La Noiseraie, emblème arboré d'une vitalité obstinée et chargée d'énergie vitale.

Que de surprises, dans ce monde subalpin ! Par exemple, Leno, dans la Bassa Bresciana, monastère fondé au VIIIe siècle par une patrouille de bénédictins de Montecassino, sous la conduite d'un certain Ermoaldo, venue à l'appel du roi des Lombards, Desiderio. Il n'est rien resté ou presque de l'abbaye – ce n'est qu'à l'heure actuelle que l'on ramène au jour quelques vestiges, dans le parc d'une propriété du XIXe siècle –, mais grâce à une fondation et à une petite banque de crédit coopératif, l'antique lieu sacré reprend vie, offrant tout un éventail d'activités en accord avec la philosophie de saint Benoît : des foires, une université populaire, des cours de théâtre, des colonies de vacances l'été, pour les petits, la culture, des rencontres entre associations du territoire. Un petit miracle italien, sous le signe de la devise *Ora et labora et lege et noli contristari* – prie, travaille, étudie et ne te laisse pas aller à la méfiance. Au bout de quinze siècles, le message déborde toujours d'énergie vitale. On sème, on récolte, on s'ancre ici au territoire pour construire le bon à travers la recherche du beau, c'est la *conversio ad pulchrum pro bono*.

Au Piémont aussi, le message perdure dans les vallées les plus isolées, comme à Bagnolo, dans les Alpes cottiennes. C'est une oasis de paix où, à la veille de l'an 2000, une communauté de moines cisterciens en provenance des îles de Lérins, sur la Côte d'Azur, a construit le monastère Dominus Tecum dans le village de Pra 'd Mill. L'âme de cette abbaye, que les pèlerins visitent par milliers, est un barbu aux yeux bleus, sage et frugal, Cesare Falletti. Et que dire de Marmara dans le Val Maira – à 1 580 mètres au-dessus du niveau de la mer – où Sergio De Piccoli, détenteur d'un triple diplôme universitaire, a fait d'une église médiévale une arche de la culture, en recueillant un patrimoine de soixante-quinze mille volumes, uniquement pour les sauver de l'oubli et de la tyrannie du digital – un peu comme dans le roman *Fahrenheit 451* de Ray Bradbury ? Lui aussi est un homme extraordinaire qui nous a quittés il y a peu, après une vie entière de silence.

Le nord de l'Italie est constellé de merveilles bien peu connues. Des lieux comme le Duomo di Piacenza, que j'ai exploré un soir, toutes portes closes, en suivant un itinéraire fascinant à l'intérieur de l'église avec Manuel Ferrari, l'architecte qui avait remis en ordre les trésors des archives capitulaires. J'ai côtoyé un retable tout étincelant d'or, je me suis faufilé dans des couloirs et des escaliers en colimaçon en montant vers une coupole aux fresques surprenantes, consacrées à huit sibylles, j'ai traversé des galeries suspendues au-dessus d'une abside voilée par des nuages d'encens, afin d'entrer dans un monde, faiblement éclairé, de parements sacrés, d'inscriptions lapidaires, de candélabres et d'antiques reliquaires. Comme dans la bibliothèque du *Nom de la rose*, j'ai écouté dans le silence l'écho de mes pas se perdre dans un labyrinthe de greniers au-dessus de la nef, jusqu'à une petite fenêtre d'où la ville entière s'ouvre à vol d'oiseau, pour redescendre ensuite, empli de stupeur, par d'autres escaliers et petites portes aux vieilles serrures, jusqu'à la salle des manuscrits enluminés.

Et là, dans une vitrine, le *Liber Magistri* – ou Code 65 – du XIIIe siècle, sortait de l'ombre comme l'Aleph, véritable pelote de lumière, concentré du savoir médiéval. Une merveille qui résume le monde et où plus de la moitié des feuilles sont en musique. D'une trame de notes carrées sortait le chant d'une Europe où nulle frontière ne faisait obstacle, une Europe itinérante qui psalmodiait, bourrée de sentiers et de relations entre les économies et les cultures. À quelques pas de l'autel, et ce n'est pas par hasard, il y avait une statue de saint Christophe, le saint qui aidait les faibles à passer les fleuves à gué et qui aujourd'hui, il me plaît de le penser, tend une main aux pauvres migrants, sur leurs rafiots au milieu de la mer, et risque sans doute de finir aux galères pour avoir favorisé l'immigration clandestine. Le saint révélait une Europe où le chemin était une prière et la prière un chant. Je voyais des bataillons de moines dans le nord du pays franchir les Alpes et passer le Pô à gué, en entonnant des cantiques, fonder des abbayes et répandre la musique dans la plaine aux brouillards verdâtres et dans les vallées les plus isolées des Apennins, engendrant un monde de chanteurs ambulants et de cornemuses.

Le Duomo di Piacenza, dans l'austère dépouillement de ses briques, était devenu ma caisse de résonance. Dans la sacristie, Maddalena Scagnelli chantait avec deux autres choristes des laudes extraites du mythique antiphonaire de Bobbio : « *Beata est Maria / Virgo dulcis et pia / Candore vincis lilia / et rosa sine spina.* » Trois voix pures révélaient toute la simplicité de la foi d'antan. « J'enseigne aux petits le latin tardif avec les rimes, et ils comprennent tout, ils le saisissent au vol. Ils n'ont pas besoin d'instruments ni de tableaux interactifs. » Quelle rage, chez cette généreuse amie aux blonds cheveux. « L'Italie a sacrifié la musique, la littérature, l'histoire et la géographie sur l'autel d'Internet. Dans les écoles, le chant a disparu. Le monde est précipité dans le vacarme, ronchonne-t-elle. Les petits, quand on les arrache à leurs jeux vidéo et qu'on leur fait entendre un homme ou une femme qui chantent, ils croient au miracle, au sortilège. »

Le soir descend. Je repense au tintement cuivré des églises lombardes et je m'aperçois que le voyage entre dans un monde nouveau, encore entièrement à explorer. « Sombre est le chemin, récitent lors des complies les moniales de Viboldone, les pauvres cherchent de l'eau et n'en trouvent pas. » La divinité de ce chant féminin se fraye un passage dans l'obscurité et ridiculise le tonnerre des avions qui atterrissent. Tandis que le Malin élève des barbelés et recommence à débiter le continent en petits morceaux, dans le monastère des femmes, la dernière prière est dite « pour ceux que la persécution ou la famine obligent à quitter leur pays ». L'abbesse nous salue avec affection, avant sa visite vespérale aux sœurs âgées et malades, et je sens bien que l'Église aurait tout à gagner en renonçant à un pan de son hégémonie masculine. Le chœur chante encore, tandis que de gros nuages noirs se gonflent autour du paratonnerre du campanile.

La pelote. Qu'est donc la vie sinon un long fil de laine chevauchant les mers, les fleuves, les montagnes et les frontières ? Quelle belle humanité j'ai rencontrée en le dévidant tout au long de ma vie de voyageur. Une foule de visages ressurgit de mes rencontres brèves mais inoubliables. Parfois, je me demande ce que tu deviens, *batiouchka* Léonide, grand ours russe, prêtre qui lors d'une nuit blanche m'a accueilli dans ton presbytère au milieu de la toundra. Je voudrais savoir où tu es, blonde Alejandra, qui, voilà bien des années, m'a fait voir la sierra de Guadarrama au clair de lune. Et qu'en est-il de toi, Liouba, si vieille et si douce, qui faisais paître tes petites chèvres sur le Dniestr et prononçait le mot « Europe » avec une tendresse dont nous ne sommes plus capables ? Qui sait si je te reverrai un jour, Mauro, berger du Molise, qui m'a salué sous la pluie en disant d'une voix suave : « Je t'accompagne par la pensée » ? Et que deviens-tu, Anatoli Fedorovic, toi qui as tiré de ton accordéon tant de mélancolie pour des jeunes filles aux lèvres framboise, tandis que sur le lac Onega les forêts prenaient une teinte ambrée ? Comment te débrouilles-tu, Atanassios, Grec d'âme et de corps, qui m'a offert un beau matin ton sourire et des crevettes pêchées dans une baie des Cyclades ? Et Wolf et Brigitte, bien sûr, vous aussi… qui pour moi, un soir, avez allumé un grand feu de pommes de pin sur la rive du Danube ?

Mon Dieu, pourquoi de telles rencontres ne suffisent-elles pas à faire l'Europe ?

Je sombre dans un sommeil profond, tropical. Je suis tout plein de vous, petites sœurs de Lombardie.

4
Le trille de Dieu

Muri-Gries, Tyrol du Sud

« Les choses obscures tendent à la clarté. »

Voilà des heures que j'ai quitté Viboldone, mais la prière du matin dans le monastère des femmes résonne encore dans le soufflet de ma poitrine. L'ouverture bavaroise de ce voyage aurait-elle laissé le passage à de nouvelles vibrations ? Elle se ramifie dans le murmure des canaux lombards, ne fait plus qu'un avec la sagesse irriguée des Bénédictins, se superpose au chant de la pluie, suit le courant troublé du vent, elle règle jusqu'à ma respiration.

« Louez mon Dieu avec les timbales / Chantez le Seigneur avec les cymbales. » Qu'il soit tonnerre ou murmure, rien n'existe en dehors du son, il coïncide avec l'acte même de la Création. « Tu as parlé et tout a été créé / Tu as envoyé le souffle de ton esprit et tout a été construit / Nul ne peut résister à ta voix. » Pour Marius Schneider, le monde n'est rien d'autre qu'une musique pétrifiée. La transformation du Verbe en matière, le « cri primitif », à l'origine de tout.

Sur l'Adige, les brouillards se sont dissipés, les Alpes sont foudroyées par un soleil inattendu. La pelote se dévide. Je chante en conduisant et Irene suit le mouvement. Peut-être cherchons-nous le leitmotiv de ce périple européen. Ludwig Paulmichl, mon éditeur en langue allemande, m'a indiqué le monastère de Muri-Gries, au milieu des vignes du Tyrol du Sud, où le père Urban Stillhard, moine et suisse, tient les orgues et enseigne à l'école de musique de Bolzano. Je lui ai arraché un rendez-vous après un bref échange de lettres. Je suis de la meilleure humeur du monde et cela aussi, c'est un cadeau des moniales de Viboldone. Elles me l'ont versée à la louche dans le café au lait du matin.

Je me demande s'il ne faudrait pas substituer au mot « félicité » le mot « contentement », le remerciement de celui qui « se contente » des dons de la Providence. Un remerciement qui finit par coïncider avec la prière. « Quand un homme jouit en toute simplicité du coucher de soleil sur la mer en buvant un verre de bon vin, c'est une prière sacrée entre toutes, une prière à part entière. Si sacrée d'ailleurs que Dieu lui-même nous l'envie, pour autant qu'il sache apprécier les choses de la Création. » Voilà ce que disait l'ami Mordechai, dans le temps, lors de la fête du Pourim. Le sage rabbin de mon âme.

L'autoroute indique le nord et oblique sous le Monte Baldo et les monts Lessini. Il fait chaud, mais il y a encore un peu de neige en altitude. Je ne sais pas lire la musique et j'ignore si une bonne oreille me suffira pour comprendre. « Tâche de trouver le vrai chant grégorien », m'a averti, d'un ton sévère, avant mon départ, Bepi De Marzi, immense musicien de Vicence. « Laisse tomber ces petites polkas presque blasphématoires qui circulent aujourd'hui dans le monde catholique. Les couvents sont pleins de moines aventureux qui cèdent à la paresse en se détournant du chant des origines. Ne va pas chercher des choses pareilles. Suis la pureté de la mélodie en latin, les respirations, les modes, l'unisson poignante, la voix masculine dans l'ivresse, plonge-toi sans crainte dans la beauté de la foi. Dans le chant grégorien, il y a tout, y compris Verdi. » Je ne crois pas être à la hauteur. Mais je sais quand même une chose. Un ensemble musical ne fonctionne que si chacune de ses composantes apprend à restreindre le niveau de son propre ego pour se consacrer à l'écoute des autres. Si ce miracle a lieu, l'ensemble sera soudé.

Je suis venu à la musique sur le tard. Tout a commencé par le rythme du chemin. De plus en plus souvent, la musique engendrait un chant intérieur et alignait les pensées selon une grille métrique. En marchant, je comprenais pourquoi le vers était divisé en pieds. En plus de quoi, la route arrondissait l'écriture, la rapprochait de l'oralité, des contes anciens de nos grands-mères. Les longues enjambées des gens de la plaine, mais aussi les enjambées plus courtes des montagnards, pondaient les vers sans le moindre effort. C'est ainsi que j'ai commencé à penser, et même à rêver en vers de six ou de onze pieds, et finalement à écrire selon ce rythme impair et fatidique. En découvrant à un moment donné qu'il n'était pas question d'emprisonner la parole dans un schéma, mais de libérer une musique intérieure à laquelle les paroles finissaient par s'adapter comme la neige qui tombe s'adapte aux reliefs du terrain. Écrire en vers était une pure recherche acoustique. Cet acte révélait le secret des syllabes, la magie du langage et de ses fréquences.

En versifiant, j'apprenais la puissance de la voix, les diverses sonorités des dialectes, la magnifique biodiversité dont ils étaient le garant à la surface de notre planète. Je comprenais que la démarche, de même que la gestuelle et la mimique faciale, dépendent de la langue et que la langue dépend, quant à elle, du milieu ambiant perçu par l'oreille. Un Anglais et un Allemand ne marchent pas de la même façon, parce que leurs deux langues appartiennent à deux visions différentes du monde. *Zug* en allemand et *train* en anglais se traduisent tous les deux par « train », mais ils ne veulent pas dire la même chose, parce que le premier est quelque chose qui tire et le second quelque chose qui traîne. Le langage vous pénètre dès avant la naissance, en l'absence de toute sémantique, à travers votre mère. Un peu comme dans le conte *Pierre et le Loup* mis en musique par Prokofiev, où chaque personnage est représenté par un instrument, dans une famille la mère coïncide avec les registres aigus et le père est annoncé par les graves. Et si l'oreille est le siège de l'équilibre et donc de la perception de la gravité, elle nous communique à tout moment le sens physique de notre existence. Les paroles, mises en séquence rythmique, aident la mémoire parce qu'elles adhèrent mieux à la fréquence cérébrale.

Le vers, je l'ai appris depuis déjà longtemps, c'est l'effort que fait la parole pour devenir musique. Mais c'est une tentative vouée à l'échec, puisque la parole est destinée à se perdre. La musique reste hors d'atteinte. Seul le langage est capable de sauter à pieds joints par-dessus les barrières culturelles. Est arrivé alors ce qui devait arriver. La musique est entrée pour de bon dans ma vie. En la retournant comme une chaussette. Et tout cela a pris le visage d'un ensemble de jeunes musiciens sous l'égide d'un chef de ma propre terre frontalière, l'European Spirit of Youth Orchestra. Je les avais entendus par hasard, lors d'une répétition, et j'avais eu le coup de foudre. Des jeunes aussi beaux au-dedans qu'au-dehors, en provenance de pays divers, qui donnaient un sens à toute la recherche que j'avais déjà faite sur le mètre et qui, sans jamais s'être vus, parvenaient à devenir un groupe et à engendrer l'harmonie en l'espace de quelques jours. Une métamorphose qui se transformait en métaphore d'une Europe meilleure et véhiculait un patriotisme fédéral le long des canaux de l'émotivité. C'est ainsi que j'ai ajouté ma voix de narrateur à celle de l'orchestre, pour raconter mon continent. En m'apercevant qu'avec ma voix, je devenais instrument à mon tour ou, plus précisément, que j'aurais voulu en être vraiment un. Un cor anglais ou mieux encore un basson.

À Bolzano, les grosses murailles de Muri-Gries m'apparaissent sous un soleil de plomb, révélant un monde nouveau par rapport à la plaine lombarde. Si le monastère de Viboldone représentait la pauvreté et l'essentiel, cette abbaye est riche et triomphante avec sa structure massive, ses terres agricoles, ses six cent mille bouteilles de vin par an, ses cloches de bronze toutes neuves, en « lancer tyrolien », installées dans la tour, ses volets verts et ses tuiles en bois multicolores qui luisent dans le ciel d'azur où virevolte une tempête d'hirondelles. Le saut entre les deux univers a tout pour impressionner, mais les moines m'avaient averti d'emblée : « Les Bénédictins ne sont pas un ordre, mais un désordre démocratique », chaque monastère exprime et renforce l'âme du lieu où il s'élève. C'est la garantie parfaite d'un voyage riche en surprises.

L'abbaye de Bolzano, c'est la contre-réforme, le concile de Trente, le pouvoir des prince-évêques, la place forte frontalière, la tour de garde contre le protestantisme qui se répand de l'autre côté des Alpes au cours du tempétueux XVIIe siècle. Rude bataille, souvent sanguinaire, bien plus dure que contre les derniers païens des Alpes avant l'an mil, une bataille livrée vallée par vallée, avec un déploiement de moyens, de magnifiques sculptures, des processions, des chants, des expositions de reliques, allant jusqu'aux guerres, aux massacres, aux bûchers des convertis, à la germanisation forcée des fiers paysans parlant le ladin. Les traces du « *sacro macello* » ou saint massacre de la Valteline sont à deux pas. Tout autour, il n'y a que les Grisons.

Nous finissons au bar d'en face, sous deux immenses tilleuls en fleur. Un groupe de gens du coin, de langue allemande, dispute une tumultueuse partie de cartes. On nous explique que nous sommes dans le quartier chic de Bolzano. « Ce n'est pas ici qu'on verra des Marocains », ajoute la serveuse d'un air désinvolte, comme pour dire que par ici l'antagoniste n'est plus désormais l'Italien. Muri-Gries a été phagocyté par la ville, mais reste néanmoins sur son quant-à-soi. Depuis le début, le monastère a toujours été sous l'autorité des comtes du Tyrol et non pas des prince-évêques de Trente. Il est né à des fins de fortifications, mais son nom d'origine était Keller, « le cellier », parce que ici, on a toujours cultivé la vigne. Le campanile bien carré n'est rien d'autre qu'une ex-tour de guet à laquelle on a ajouté des cloches. Ici, tout comme à Viboldone, les Bénédictins sont arrivés les derniers, après trois siècles de présence augustinienne.

Je sonne à la porte de l'abbaye, une voix métallique répond à l'interphone. On m'ouvre et à l'intérieur, nous sommes aussitôt en proie à une sensation de vide. Nos voix résonnent comme dans un lieu inhabité et, du fait que les murailles conservent la fraîcheur à l'intérieur, le changement de température par rapport à l'extérieur est sensible. Le portier n'est pas au courant de notre arrivée, peut-être Urban nous a-t-il oubliés. Ici, on ne parle pour ainsi dire que l'allemand et je tente de me faire comprendre avec le peu que je sais de cette langue, que j'aime par ailleurs. Puis la situation se détend et on nous attribue une chambre luxueuse, gigantesque, avec vue sur le val Sarentina. Faite pour recevoir un évêque plutôt que les simples pèlerins que nous sommes.

Après le bref préambule de bienvenue, je prie le père Urban de nous faire entendre la voix des grandes orgues et il ne paraît pas demander mieux. Il monte à toute vitesse à l'étage supérieur, ouvre une petite porte, puis une deuxième, franchit l'espace réservé aux chanteurs au-dessus de l'entrée, s'assied sur le banc de l'organiste, tournant le dos à la série de tuyaux puis, d'un geste aussi rapide que la véronique d'un toréador, il tourne sur lui-même, formant un arc avec sa robe et son scapulaire, afin de prendre solidement position sur le clavier, sans effleurer des pieds le pédalier situé au-dessous, et de se lancer dans une magistrale improvisation. Il est on ne peut plus concentré, on dirait que dans l'église de Sant'Agostino, il n'y a que lui, l'homme en noir, occupé à explorer avec une énergie frénétique les vingt-sept registres de sa machine sonore afin de déployer l'extraordinaire diversité de ses voix. Il s'interrompt, nous fait entendre l'écho de l'harmonie, qui s'attarde longuement dans la nef. « Ceux qui croient que l'orgue est purement catholique se trompent. Il est arrivé jusqu'à Charlemagne depuis l'empire d'Orient. Les Romains le connaissaient déjà. »

Il reprend. Et l'harmonie s'élève, elle passe du Moyen Âge à la Renaissance, du baroque au romantique, elle se love autour des statues qui gesticulent, se ramifie en direction des hauteurs de cette église de Bolzano, si habsbourgeoise, si catholique, qui ressemble à une meringue à la chantilly afin de plonger ensuite dans des tonalités abyssales en même temps que les damnés précipités vers l'enfer au-dessus de l'autel, et de trouver une réponse dans la sombre vibration sonore des arcades médiévales des caves, une ex-église gothique à la parfaite résonance dans le ventre même du monastère, où l'on trouve le saint des saints des bouteilles pansues de Sankt Magdalener et de Lagrein qui fournissent depuis toujours le vin de messe aux couvents allemands. Mais le son, à présent doux et souple, ne s'arrête toujours pas, il franchit les murailles pour s'éteindre dans l'amphithéâtre empli de vignes des Monti Sarentini, entre les aiguilles des Dolomites et les neiges de l'homme du Similaun.

Dans le vide de Muri-Gries, je trouve bien des choses à me mettre sous la dent. Il n'y a pas une crypte ni un corridor où l'on n'ait pas envie de mettre sa voix à l'épreuve. Je me surprends même à chanter sur les marches des escaliers intérieurs, afin d'essayer de juger à quel point les anciens maîtres maçons avaient conçu les lieux en tenant compte des résonances. La tribune des chanteurs a une acoustique formidable, mieux adaptée à faire valoir la puissance du chœur que le son des solistes. J'assiste à une messe où triomphent l'allemand, la grande musique baroque pour orgue et la théâtralité tout en rondeur des pâtisseries du décor. Ici l'on chante encore le graduel romain et la force du chant grégorien parvient à pallier le manque de choristes. Sur les quinze moines, deux sont des musiciens diplômés et l'on devine encore dans l'air la vénérable présence du *Kapellmeister* Oswald Jaeggi, un autre Suisse, qui a laissé au Tyrol du Sud ses meilleures compositions, dans le style romantique tardif.

« La musique, déclare avec chaleur le père Urban, est une communication non verbale qui nous unit et, outre qu'elle enrichit l'âme, elle enseigne le rapport social. »

Il existe un parallélisme, explique-t-il, entre la raréfaction des fanfares villageoises, la diminution de la vie communautaire et la disparition de la foi. « En 1985, quand je suis arrivé de Suisse, il y avait encore quatre-vingts moines ici. Maintenant, nous sommes moins du quart de ce chiffre. Aujourd'hui, on vit plus longtemps, mais les gens ont moins envie de prendre un engagement qui les lie pour la vie entière. Les choix se font souvent à l'âge mûr, pour ne pas dire au moment de la vieillesse… Nous avons parmi nous un ex-banquier, arrivé ici à 60 ans. Il y a aussi un chirurgien qui est entré dans les ordres et enseigne la philosophie dans les lycées. » Malgré cette transformation radicale, la règle tient bon, elle fonctionne encore. « Selon un professeur universitaire de Magonza, Benoît n'aurait même pas existé. Notre saint, soutient cet homme, serait une invention de Grégoire le Grand. C'est possible. Ce qui compte, c'est la force du message. Ses soixante-treize points. »

Nous montons dans la bibliothèque. Urban attrape une bible de l'époque de Gutenberg et la feuillette avec un rictus sarcastique. « Regardez comme on la lit bien après cinq siècles. Aujourd'hui, au bout de dix ans, une disquette ne marche plus. » Odeur poussiéreuse de parchemin, mais aussi de vin qui monte des caves situées en dessous, à travers le plancher. L'organiste évoque les anciennes lectures à haute voix devant les moines au réfectoire et il explique que « la lecture déclamée est une activité athlétique, presque plus compliquée que de jouer d'un instrument. » C'est justement la théorie que j'ai découverte dans *Du lisible au visible* de ce grand révolutionnaire que fut Ivan Illich. Le monachisme reste, pour notre organiste, « l'unique communisme qui fonctionne ».

« Si l'acoustique est bonne, plaisante-t-il, on croit même si on ne veut pas croire. Et si par-dessus le marché, il y a du bon vin, l'affaire est faite. » Nous voilà face à l'essence d'un lieu sacré où l'on cherche peut-être les racines les plus anciennes dans l'espace le moins religieux : les caves. Dans le sang du Christ, qui ne nourrit pas seulement l'esprit. C'est bien ici que la devise *ora et labora* court le plus grand danger de devenir productivité, entreprise, et de perdre la prière en cours de route. Mais c'est toujours ici, sous les robustes voûtes à arc brisé, que les tonneaux de vin nous disent que l'évangélisation de l'Europe a progressé en allant de pair avec l'implantation des vignes, de la Méditerranée à la Moselle et même au-delà. Avant d'être un champagne, Dom Pérignon était un vigneron bénédictin. Pourquoi, dans ce cas, être gêné de penser que le vin, comme le pain, a pu être aussi *ab origine* un don corporel pour les paysans affamés ? Une nourriture de base et en même temps un outil de catéchèse et une voie d'accès à l'ivresse de la foi lors d'une période de ténèbres pour notre continent ?

Urban goûte avec plaisir un calice de pinot et un robuste quignon de *Schüttelbrot* fourré de coppa. Il explique que le monastère, rigoureusement indépendant de la hiérarchie du Vatican et de ses financements, vit des produits de son potager, de son verger et surtout de son vignoble. « La géographie des vignes historiques en Europe, fait-il valoir, est très semblable à celle des couvents. »

Éternel retour des choses. Le christianisme a aussi conquis le monde avec le vin et, bien entendu, avec la bière. Laquelle n'est pas, en réalité, une boisson du Nord. La recette débarque en Europe par la Calabre, grâce aux moines coptes d'Égypte, remonte le long de la péninsule depuis l'abbaye de San Francisco di Paola (Saint-François de Paule) qui en avait établi la recette, suit la dorsale des Apennins, inonde la Padanie en laissant des traces d'écume sur les moustaches des Lombards, et franchit ensuite les Alpes afin de désaltérer les masses carolingiennes à l'est et à l'ouest du Rhin, de devenir l'Oktoberfest chez les Allemands, de donner naissance en Allemagne – figurez-vous – aux appellations Franziskaner et Paulaner avant de se répandre en direction de la Belgique, où elle atteindra son apogée dans le monde cistercien et le monde trappiste, nés tous deux par germination de la plante bénédictine. Chemin légendaire d'enzymes et de foi, du Nil aux mers du Nord.

En dehors de l'abbaye, un envol d'hirondelles. Il y en a un nuage autour du campanile. Ces trilles sont la dernière fréquence aiguë que j'entends avant de venir donner du nez, au premier bar, contre le *boum-boum* d'une musique disco, base rythmique dans les graves, vrombissement anesthésique qui vous abrutit et vous martèle le diaphragme. C'est un rappeur à la mode, qui débite ses rengaines sur une tessiture musicale de six notes au maximum. Le néant, sur le plan mélodique. Notre vie musicale est plongée dans un bain sonore d'où les fréquences aiguës sont totalement absentes. Celle du violon, de la flûte ou de la pensée.

On dirait que dans les monastères eux-mêmes, avec la mise à la retraite du latin, les registres aigus ont disparu, eux qui, surtout dans le chant grégorien, permettaient on ne sait trop comment aux moines de récupérer de l'énergie. Selon Alfred Tomatis, explorateur de la voix humaine, cet abaissement des fréquences aurait donné le champ libre à la dépression et à la fatigue même dans le monde des abbayes, accélérant leur décadence. Je dîne avec Irene dans une petite oasis de silence sous une pergola. L'air frais de la montagne descend des vignobles et le vin qui accompagne nos *Knödel* est rigoureusement celui de l'abbaye. Nous sommes épuisés, cc voyage bénédictin comporte une mobilisation sensorielle absolue.

Je m'endors vite, les fenêtres ouvertes. Une lune énorme entre dans la chambre à coucher et m'emporte rapidement dans les rêves. Et voilà que je suis à Jérusalem, dans la vieille ville, perdu dans des ruelles bondées de juifs orthodoxes. Je déambule sans but, puis j'entre par hasard dans une académie talmudique, un de ces lieux où le Livre est épuisé à force d'interprétations. Je gravis un escalier en colimaçon, je m'appuie à une balustrade et, au-dessous, je vois un fourmillement de pardessus noirs froufroutants. Tout un peuple d'hommes qui lisent deux par deux, chacun affronte à haute voix un passage différent des Écritures. L'un d'eux murmure, un autre exulte, un troisième s'irrite contre lui-même parce qu'il n'a pas compris le texte. Un autre encore met le livre en morceaux pour trouver l'énigme qu'il ne révèle pas. Il y en a même un qui dort, lessivé, entre les bancs.

Je me réveille et me souviens. Dans ce rêve, il y a le souvenir d'une visite à une yeshivah, un de ces lieux de l'hébraïsme où la Parole est torturée, traitée, épuisée dans un corps à corps épouvantable et entièrement dépourvu de révérence. Je sais jusqu'à quel point les descendants d'Abraham revendiquent fièrement le droit de l'interpréter à leur guise. Pour eux, il n'existe pas de lecture des Écritures unique et autorisée. Et voici donc que dans cette liberté totale, aux confins de l'anarchie, le tohu-bohu de ceux qui prient engendre non pas un vacarme digne de la place du marché, mais un son symphonique et propre, voisin de celui d'un orchestre qui accorde ses instruments. À sa naissance, le livre était quelque chose d'oral, ce qui exclue la lecture en silence. Si c'était le contraire, on ne dirait pas qu'un livre « parle » de ceci ou de cela. La parole prononcée défend comme un bouclier, soutient, console. À vrai dire, dans cette académie du Talmud, j'ai eu la sensation que le peuple du Livre m'accueillait, en m'offrant un refuge. Je sentais que, même si je ne faisais pas partie de la tribu, j'aurais pu me permettre de camper près de ses tentes pour allumer un feu. J'aurais même pu m'endormir, bercé par ce babil hypnotique comme celui du fleuve ou du vent.

La Terre sainte me revient en mémoire, maintenant que la lune a entièrement envahi la chambre. De ce voyage, je rapporte de grands photogrammes. Des étoiles brûlantes au-dessus du désert, les lumières de l'Irak vues des montagnes, les flammes des bougies autour des icônes sacrées, une danse sur des charbons ardents, un taureau égorgé qui plie les genoux, des nuages d'encens lacérés par des épées de lumière à l'aube. Mais les images sont peu de chose par rapport aux sons. Quand on voyage, les sons s'alignent les uns derrière les autres comme dans une partition, forment une séquence qui redessine le fil de la route. Le sacré est acoustique. Je ne l'ai compris qu'au retour, en récapitulant cette incroyable expérience. Quand on se concentre sur le son, tout le reste disparaît. Il n'existe que la parole qui comble le vide et le silence et la pénombre. Si je retourne un jour le long de cette route, à l'est de San Nicola di Bari, à travers les Balkans et l'Anatolie, je n'emporterai pas d'appareils photographiques, mais un instrument capable de figer les voix.

Vent, murmure, grondement, litanie, voilà ce qui rend votre voyage unique. Voilà la pelote qui renoue les fils et relie Jérusalem à mes monastères. Je ferme les yeux pour mieux écouter. Voici le haut plateau d'Anatolie, la nuit qui tombe, la contrée qui se tait, les portails du ciel immense qui s'ouvrent en grand. Je sens que la perception du sacré se dilate et rappelle d'autres sons. Le lent goutte-à-goutte dans le silence des souterrains de la Biblioteca Ambrosiana à Milan, où prie un Charles Borromée magnifiquement vêtu, tout seul dans l'obscurité, devant un sépulcre. Le cri des hirondelles sur le Tigre, avec vue sur la Mésopotamie constellée de lumières. Les laudes vespérales des moines sur l'île de San Giorgio à Venise, une voix qui cherche l'Orient et s'éteint dans la lagune.

Je réentends tout. La cloche de Saint-Marc, qui appelle les muezzins de Constantinople. Le chœur des Ukrainiennes, des Russes et des Roumaines en Italie, réunies dans la crypte de San Nicola, tandis que des escadrilles d'hirondelles emplissent de cris le ciel de Bari dans une lumière aveuglante. Les lamentations de la *gaida* macédonienne, qui vous appelle comme à la bataille, ouvrent la route aux *amanedes,* chansons déchirantes d'une Grèce perdue, d'Éphèse et de Smyrne. Et puis l'orage sur le mont Athos…, le chant des Thraces après le sacrifice du taureau, la danse des hommes étreignant les icônes, l'invocation d'un Konstantinos, saint, guerrier, empereur. Le tonnerre planétaire des minarets, à l'heure de la prière du soir, à Istanbul ; une vague arrivant de l'Asie annihile le chant des Grecs, à qui il est interdit de sonner les cloches.

Je suis assiégé par des voix, des chants et des murmures dans l'obscurité. J'entends de nouveau le halètement rauque, presque orgasmique, des pèlerines voilées devant le sarcophage vert de Mevlana, puis la flûte en roseau qui en Orient chante le déchirement de la séparation et la douceur de l'absence. Puis s'éveille la tempête de langues d'Antioche, où les Turcs écoutent l'arabe d'un muezzin qu'ils ne comprennent pas, où les juifs prient en grec, les Grecs en arabe, les catholiques en turc, les Syriens en araméen… et où seuls les Arméniens parlent leur langue, mais à voix basse, pour ne pas irriter une fois de plus les Turcs, après les massacres d'il y a un siècle. Et puis, et puis… la polyphonie d'Alep, Dieu, c'était quelque chose Alep, avant cette guerre infâme ! Les églises les plus pleincs que j'aie vues de ma vie, et Dieu que les chrétiens eux-mêmes appelaient Allah, et une armée de fidèles qui serrait les rangs en entonnant les chants des ténèbres.

L'oreille ne se repose jamais, elle possède une mémoire démente, elle parvient à entendre des voix à plusieurs années de distance. À présent, je me pousse avec force dans le tunnel des souvenirs. J'entends de nouveau les chants d'un monastère en Serbie, pour le Noël orthodoxe, le crépitement du chêne sacré, le *badnjak*, en train de brûler, le crissement glacé des étoiles, le grondement du fleuve. Et puis à l'aube le piétinement des moines, enfilant leurs sandales sur les paliers. Le grincement des lourdes portes de l'église, les sonneries de cloches qui se répandent dans les bois. Le pas des hommes en noir qui pénètrent dans l'église par une petite porte latérale. Le chant des femmes pieuses attendant le bourdonnement de l'archimandrite, la réponse d'un baryton, le tonnerre sur le seuil des portes royales. Les soupirs, derrière les ouvertures terribles de l'iconostase où se consume le sacrifice du pain. Dans des endroits pareils, le son et la lumière ne sont plus qu'une seule et même chose. Un éventail de rayons de soleil pénètre par les grandes fenêtres de l'est, perce le nuage d'encens en formant des traces de notes de musique, de dièses et de bémols suspendus au-dessus de l'abside. C'est le son qui habite l'espace concave avec le plus grand naturel, comme un petit crabe habite sa coquille, et maintenant il appelle tout l'éclat du jour. Dehors, les mésanges, les passereaux et les merles chantent comme des fous les louanges de Dieu.

Et puis Alì, Turc de Cappadoce. Quelle admirable rencontre. Il paraît qu'il se trouve encore à Ortahisar, dans sa petite échoppe d'antiquaire sur la colline, à l'entrée du labyrinthe d'églises rupestres, sous un minaret qui ne lui laisse pas un instant de paix, tant le volume amplifié de la voix du muezzin est tonitruant. La religion d'État tonne, elle doit communiquer hégémonie et puissance. Le sacré, c'est différent, il préfère le murmure et le silence. C'est peut-être cela que voulait nous faire comprendre Alì quand il nous a emmenés de nuit dans son mystérieux royaume de pierre. On l'appelait le Fou parce que la lune était sa déesse et qu'il lui dédiait des poèmes pour aller les réciter ensuite dans les sanctuaires jadis chrétiens, avant d'être habités par les soufis de l'islam. Ce qu'il faisait quand son astre favori entrait par une fissure pour illuminer un des autels de grès au fond de « sa » grotte.

Ce soir-là, il y a de si longues années, quand la pleine lune fendit la grotte comme un rayon d'azur, le Turc dit « écoute », mais ne prononça plus une parole. Après une attente exaspérante, au lieu de scander ses vers, il dessina dans un silence absolu, lentement, avec un rythme syllabique parfait, une spirale ascendante de la main droite. Un hendécasyllabe qui n'était fait que de pauses. Effet magistral qui créa chez nous une attente spasmodique des paroles encore à venir. Et ces paroles, en effet, arrivèrent. Elles prirent d'abord le rythme des pentamètres iambiques de la langue anglaise, puis devinrent une harangue nomade, ponctuée de diérèses et de consonnes, faites pour dire des choses essentielles. Le turc, une langue qui emplissait de sonorités inattendues la termitière de la foi chrétienne au cœur de l'Anatolie.

Après cette magie, l'aube fut inoubliable. Ce furent d'abord les coqs qui attaquèrent. Dès que l'un d'eux chantait, d'autres lui répondaient des petites vallées voisines jusqu'au moment où la Cappadoce tout entière résonna de cocoricos. Puis ce fut le tour des chiens, auxquels d'autres chiens des sommets proches firent écho. Et les ânes se réveillèrent en dernier, quand le ciel prit une teinte safranée : des braiments déchirants dessinaient avec une exactitude impressionnante la topographie de ce lieu qui avait été le refuge des premiers chrétiens. Un seul son était absent. Le tintement des cloches. Les dernières avaient sonné moins d'un siècle auparavant, mais cela personne ne voulait l'admettre, pas même les dépliants des auberges paroissiales. L'industrie touristique avait tout banalisé. La foi qui avait changé le monde s'était éteinte depuis peu et elle était déjà cantonnée au domaine de l'archéologie.

Il est quatre heures. Le monastère subalpin est la proie du silence, mais dehors, dans les vignes, une armée de merles a déjà entonné son concert pour appeler le jour. Le cercle de montagnes amplifie leur chant comme une nef. La lune descend vers le val Venosta, une clarté verte s'allume au-delà des monts Sarentini. Je veux assister aux premières prières et je me lève, je sors sans faire de bruit. Sur un petit tableau dans une vitrine on peut lire « *Tagesordnung im Kloster*[1] », et au-dessous à six heures « *Matutin und Laude*[2] ». Je cherche où, mais en vain. Je passe au-dessus de la tribune, je descends des escaliers jusqu'à la grande porte d'entrée, je remonte jusqu'au chœur, je me perds dans de nouveaux couloirs et magasins. Au-dessus de chaque porte, sur l'architrave, à côté de l'année de construction, on voit les initiales en majuscules CMB, *Christus Mansionem Benedicat.* J'ai l'impression de retourner indéfiniment à mon point de départ. Et je n'entends au loin aucun chant pour m'orienter.

Il y a tant de types de silence : celui épineux de l'embarras, celui de la complicité qui rend les paroles superflues, celui criblé de signaux d'alerte qui existe dans la nature, celui, terrible, des langues niées, comme le fut l'allemand dans le Haut-Adige sous le régime fasciste. Et puis il y a le silence du vide : le silence d'une abbaye réduite à un petit groupe de moines. Mais il en existe un autre encore. Le plus noble. Celui qui résume les autres sons. Je

1. Ordre du jour dans le cloître.
2. Matines et laudes.

l'ai entendu en Terre sainte, comme toujours, à la fin du voyage, une nuit où le vent réveillait le parfum des fleurs de moutarde dans la vallée du Jourdain.

J'étais sur le toit du Saint-Sépulcre, avec les moines éthiopiens qui allumaient des cierges à côté du poivrier odorant et s'accroupissaient, aussi immobiles que des ballots, sous la voûte du firmament. Tandis que les étoiles décrivaient une longue courbe sur le dôme du Rocher, les hommes encapuchonnés de noir me dirent de ne pas faire de bruit en plaçant leur index devant leur nez et leur bouche. Je compris à cet instant que la tempête de sons entendus pendant le voyage avait trouvé dans le silence sa juste fin. En même temps, les grands événements formaient une séquence pour m'emporter jusqu'à un point unique : la crise de ma vieille Europe. L'effondrement du Mur, les bombes sur l'Irak, les tours jumelles, l'incendie des Balkans, la Syrie en flammes, la grande fuite des exilés. Tout revenait.

Je me rappelle que cette nuit-là, j'avais avec moi un *komboloï*, le chapelet laïque des Grecs, et que dans ce silence magique, je le fis chanter en le passant entre mes doigts de façon rythmique.

Ce matin, dans les couloirs de Muri-Gries, il n'y a que le vent qui chante.

5
La machine à lumière

Marienberg, Tyrol du Sud

Quand le premier coup de midi sonne à la grande horloge de Marienberg, au fond du val Venosta, en haut de la tour qui surplombe le cloître, un grincement accompagné de cliquetis s'empare de l'édifice entier et se propage du bois à la plaine, le long du versant tourné vers les Alpes d'Örtz, encore blanches de neige. Il s'agit d'un bruit mécanique très ancien qui surprend le visiteur habitué au silence de l'électronique. Il provient des câbles reliant l'engin principal aux autres cadrans muraux, soit onze au total, répartis à travers l'abbaye ; une installation digne de Léonard de Vinci, avec des tirants et des courroies, qui s'étend sur des centaines de mètres et, par le truchement de boyaux, canalisations, articulations, engrenages et poulies, se met sous tension pour envelopper l'édifice entier dans une vaste toile d'araignée, de couloir en couloir, horizontalement et verticalement, afin de régler dans la plus parfaite synchronisation la vie des moines.

Des îlots de l'Irlande jusqu'à Novgorod en Russie ou à Wadi El-Natrun en Égypte, des églises rupestres de la Cappadoce jusqu'à Gibraltar, à la Géorgie, aux Apennins ou au mont Athos, la vie des moines d'Orient et d'Occident est scandée par des milliers d'horloges, de cadrans solaires, de clepsydres ou par la simple parabole que décrit le soleil. Mais dans cet univers abbatial, c'est à n'en pas douter par les Bénédictins que la marche du temps est scandée avec le plus de rigueur. Saint Benoît a décrété qu'il fallait prier Dieu sept fois par jour, et dans le chapitre XVI de sa règle, il a codifié ce rythme d'adoration par sept offices religieux. Ce schéma de vie fera de la ponctualité une importante vertu « civique », très européenne, dans laquelle il faut voir la première forme de respect envers la communauté.

Marienberg, à 1 335 mètres d'altitude, le monastère bénédictin le plus haut d'Europe, bastion d'un blanc éclatant aux toits verdâtres, planté à la frontière du protestantisme, constitue une parfaite introduction à la journée du moine, ponctuée par des heures presque inchangées depuis le haut Moyen Âge. Blanche, isolée et visible de partout, cramponnée à une pente d'immenses mélèzes agités par le vent, cette forteresse de la foi qu'on appelle Marienberg, le mont de Marie, montre bien qu'il ne pourrait en être autrement, étant donné que nous sommes à deux pas de la Suisse, patrie des horloges à coucou, et que le val Venosta est une des vallées les plus lumineuses des Alpes, un parfait observatoire astronomique, tourné vers le sud, où les montagnes elles-mêmes vous disent l'heure qu'il est si vous observez le trajet du soleil et des étoiles au-dessus de leurs cimes.

D'ici à l'abbaye carolingienne de San Giovanni ou Saint-Jean-des-Sœurs, au fond du val Müstair, dans le canton suisse des Grisons, se déroule un sentier appelé « sentier des Heures », et comme là-haut, dans l'air cristallin de ces sommets, les heures et la course du soleil ne sont pour ainsi dire qu'une seule et même chose, la route transfrontalière possède en langue allemande deux noms interchangeables : *Stundenweg* et *Sonnensteig*. Et pour consolider ce concept, il faut savoir que San Giovanni appartient au monde bénédictin dans toute sa ponctualité et qu'il en représente magnifiquement le pôle féminin. Mais tout le haut val Venosta, la zone de Trafoi, au-dessous du Monte Stelvio, et les terres helvétiques qui la flanquent, laissent filtrer la diligence ponctuelle et indomptable de la devise *ora et labora*. Il n'y a peut-être qu'au Népal ou dans les terres pakistanaises situées au-dessous du Karakorum qu'existent des paysans capables de travailler à la faux les pentes les plus verticales.

« Réveil à cinq heures et demie, même en plein hiver, et aussitôt il faut affronter l'eau gelée de la vasque pour la première toilette. Et malheur aux poltrons, tu es aussitôt repéré. » Au cours des années 1960, Sebastian Marseiler, écrivain de la vallée, fils de paysans, a passé trois années de sa vie dans cette rude école abbatiale. Il a le visage bronzé et la peau dure des montagnards. Il raconte : « Il y avait du givre sur les murs et nous avions des engelures. Dans leurs robes noires, les moines étaient aussi durs que des *Lärchen*, des mélèzes, mais c'était d'excellents enseignants et j'ai tellement appris d'eux. À 13 ans on étudiait déjà Ovide en latin. Sans Marienberg, je serais devenu au mieux maçon en Suisse. Je suis très reconnaissant à ce lieu, nous autres anciens *"marienberger"*, nous le sommes tous. Nous nous retrouvons de temps en temps pour célébrer ce lien indissoluble. »

Malles, Laudes, Agumes, Cengles, Glorenza. La carte de ce coin du Tyrol du Sud, définitivement germanisé par les Habsbourg, laisse transparaître son antique latinité et paraît chanter ses louanges à la gloire du Très-Haut, dans l'atmosphère raréfiée des hautes altitudes. Du côté suisse, les noms de lieu révèlent de manière plus évidente encore la racine romaine : Valchava, Fuldera, Fuorn, Piz Nair, Guarda, Strada, Martina. Dans cet espace alpin, à l'écart de tout, transparaît une Europe où dans le temps les frontières n'entraînaient pas un passage immédiat d'une langue à l'autre, parce que les dialectes locaux changeaient lentement de couleur.

N'importe qui, au Moyen Âge et peut-être même après, pouvait voyager à pied de village en village, apprenant les vocabulaires nouveaux, l'un après l'autre, et passant en douceur du monde latin au monde allemand ou français.

Les mélèzes au-dessus du monastère oscillent comme des mâtures de voiliers, tandis qu'en bas, au fond de la vallée, les tracteurs sont au travail dans les champs où ils récoltent le foin et, sur la route nationale du Resia, la circulation forme une colonne de fourmis. Depuis le balcon de Marienberg, la vue est sensationnelle, mais l'acoustique l'est encore plus. Le bruissement des arbres, le grondement des torrents, le vent qui s'infiltre dans les murailles de l'abbaye, le chant des merles, le klaxon lointain d'un camion, l'appel d'un forestier et, en fond sonore, le *tic-tac* inexorable de la machine à scander le temps du côté de la tour. Tout nous parle de l'Europe, d'un monde qui va au-delà du théorème des lignes de partage des eaux nationales et des piteux cantonnements ethniques. Quelque chose qui dépasse l'italien, l'allemand, sans parler de la petite vision locale des offices de tourisme et de séjour de la vallée. À partir d'ici, de monastère en monastère, on pourrait traverser le continent à pied jusqu'à la mer du Nord, en comptant sur un réseau de points d'appui exclusivement bénédictin. Saint-Gal, Reichenau, Ellwangen, Moyenmoutier. Et ensuite Gorze, Saint-Remi, Saint-Riquier, Canterbury, Ely, Sainte-Marie d'York.

« Je lisais trop pour devenir paysan, explique Sebastian, alors un jour, mon père m'a dit : tu voudrais être prêtre ou moine ? Oui, parce qu'à l'époque, c'était le choix qui s'offrait aux montagnards, s'ils avaient un fils qui travaillait bien à l'école. C'est comme ça que j'ai fini ici et je sais aujourd'hui que, même si je devais changer de voie, je resterais toujours attaché à Marienberg. J'avais 11 ans et je ne comprenais pas très bien que je devais quitter ma famille. Ma mère m'avait rempli une valise légère, genre valise en carton, et avec ça au bout du bras, j'ai pris le petit train pour Malles, et puis au bout d'une heure de marche, je suis arrivé au monastère. Les moines m'avaient déjà fait passer un examen rudimentaire et admis à leur école. Au début, j'ai pleuré un peu, et puis j'ai appris à cacher ma *Heimweh*, la nostalgie de chez moi, dont je souffrais souvent, sinon mes camarades se seraient moqués de moi. Dès qu'un gars donnait des signes de faiblesse, les blagues étaient implacables. Nous étions quarante-cinq élèves, répartis entre cinq classes. On nous interrogeait tous les jours, impossible de tricher. Toutes les trois semaines, on nous accordait en guise de récompense une douche chaude, mais les plus cancres étaient obligés de tâter de l'eau froide. »

Pendant des siècles, il n'y eut pas dans les monastères l'ombre d'un moyen de chauffage, sauf en cuisine. L'hiver, dans le *scriptorium*, l'encre gelait.

À l'église le froid était si mordant que le sacristain devait apporter à l'officiant un petit brasero pour se réchauffer un peu les mains. Dans certains pays du Nord, comme l'Écosse ou les pays scandinaves, la température était si basse qu'il fallut inventer une salle spéciale pour se réchauffer qu'on appelait le *calefactorium*. Dans son livre sur la vie quotidienne selon saint Benoît, Léo Moulin écrit que, dans cet unique endroit tiède, « les frères priaient et lisaient, subissaient les saignées ou nettoyaient leurs souliers de la boue ». L'éclairage était, lui aussi, réduit à la portion congrue, sauf à l'église. Laquelle, surtout lors des grandes fêtes d'obligation, comme Pâques et Noël, renfermait une explosion de lumière.

À Marienberg, voilà cinquante ans, la salle d'études, la cuisine et le réfectoire étaient les seules pièces chauffées par de grands poêles du XVIIIe siècle, en faïence blanche et bleue. Ces temps-là sont maintenant révolus. Il y a la lumière électrique et les chambres à coucher sont équipées de radiateurs, au lieu de paillasses peuplées de souris, il y a des matelas, les toilettes obéissent aux règles de l'hygiène. Les assiettes ne sont plus en zinc, mais en terre cuite et le matin au petit déjeuner, ce n'est plus la grossière *Brennsuppe* faite d'orge grillé, de saindoux, d'eau, de sel et de pommes de terre que l'on vous sert, mais un robuste café au lait avec du pain, du beurre et de la confiture. Toutes les antiquités ont été réunies dans un musée. Une seule chose n'a pas changé dans ce belvédère aux aubes si pures et aux soirées interminables, où les vignobles les plus élevés de l'Adige paraissent reproduire le paradis terrestre : personne n'a jamais pu se demander quelle heure il était. Parce que le *tic-tac* du temps qui passe est dans l'air. L'heure est indiquée partout. Et la ponctualité tient lieu de règle fondamentale à cette communauté.

Encens, révérences, litanies, génuflexions. Dans l'église baroque, la liturgie bénédictine se répète, toujours égale à elle-même depuis quinze siècles. J'imagine que si par miracle un moine de l'an mil se trouvait transporté dans une abbaye d'aujourd'hui, il ne s'y sentirait pas étranger. Et je comprends que la précision de la liturgie est le miroir d'une organisation méticuleuse du quotidien de l'abbaye, dans un monde où tout est contrôlé et réglé selon le rythme immuable des heures et une respectueuse précision des gestes, qui ne saurait être perçue comme une simple étiquette que par quelqu'un de l'extérieur. Les repas, l'hygiène personnelle, le travail, les heures de sommeil, la manière de saluer ou de boire. De même que la métrique du vers libère la parole plutôt que de l'emprisonner, les règles bénédictines ne semblent pas inhiber, mais plutôt épanouir la recherche émotionnelle d'une vie bien pleine.

Au Moyen Âge, semble-t-il, ce rythme de la vie communautaire était quelque chose de tout à fait nouveau et impressionnait beaucoup le monde extérieur – paysans, clercs, feudataires. Une vie civilisée, marquée par l'hygiène, la courtoisie et la douceur des rapports personnels devait être presque inconcevable à une époque qui se distinguait par la rudesse, voire par la violence. Et peut-être est-elle aussi difficile à comprendre de nos jours, dans un monde dévoré par la hâte et caractérisé par la dureté des rapports entre les gens. Pendant des siècles, l'ordre, la révérence, la ponctualité, le silence, l'hospitalité, le rituel des gestes n'ont dû exister que dans ces refuges du bien vivre qu'étaient les abbayes.

De tout temps, on s'est réveillé bien avant le lever du jour dans les monastères. Pour faire monter vers Dieu le chant et la prière, le meilleur moment était, pensait-on, celui où brillaient les étoiles. Aujourd'hui, les matines ont coulissé vers des horaires moins traumatisants, mais dans le temps une cloche vous sortait du lit entre minuit et deux heures du matin pour un rite nocturne, après quoi on retournait dormir. Puis venaient laudes, prime, tierce, sexte, none et enfin vêpres et complies. Cela dit, on se couchait très tôt, vers les sept heures du soir. *Passibus ut tacitis haec transit mobilis umbra...* peut-on lire sur un des nombreux cadrans solaires de l'abbaye. Tout comme cette ombre se meut à pas silencieux, ainsi passent toutes les choses vivantes de ce monde.

Sebastian regarde ses montagnes, les neiges lointaines, la lumière cristalline du ciel, puis il ferme les yeux pour chercher d'autres images dans sa mémoire. « La lumière… ah, la lumière, comme elle scandait nos journées ! Et puis les saisons, l'arrivée de la première neige, la couleur des tuiles en mélèze contre le ciel pâle de l'hiver. Nous étions trop petits pour comprendre ce qu'était la spiritualité. Mais maintenant, je m'en rends compte. »

Il fut un temps où les moines de Marienberg étaient presque tous d'authentiques natifs de la vallée. Aujourd'hui, ils viennent pour la plupart de loin. L'abbé Markus Spanier est descendu d'Allemagne. C'est un homme un peu réservé et difficile d'approche. Je lui ai écrit longtemps à l'avance pour avoir un entretien, je lui ai expliqué qu'il ne s'agissait nullement d'une enquête, mais d'un pèlerinage intérieur. Cela n'a pas servi à grand-chose. L'abbé n'a guère de temps à sa disposition et aucune expérience des pèlerinages. Puis, pour finir, je l'ai croisé alors qu'il servait de guide à un groupe de jeunes Allemands, dans les méandres de l'abbaye, et cela m'est resté un peu en travers. Car mon voyage, au fond, n'est pas un voyage d'agrément. Mais dans le Tyrol du Sud, j'ai parfois l'impression que tout est vu, peu ou prou, sous un angle touristique. Que les vaches elles-mêmes sont là pour figurer dans le tableau. Sans parler des géraniums aux balcons, qui m'exaspèrent depuis l'enfance.

Mais la lumière éclatante, il n'y a pas moyen de la changer, celle-là, et Sebastian, l'ancien écolier, nous accompagne dans le lieu le plus saint, pour en comprendre le secret : la crypte, consacrée en l'an 1160. Un lieu vénéré dans toute la vallée. Il nous fait descendre par un escalier peu éclairé et nous ouvre une porte au moyen d'une grosse, vieille clef qu'on lui a confiée à la loge du gardien, en sa qualité d'ancien élève. Et voici que de la pénombre surgit un petit espace orné de fresques, semblable à ces églises creusées dans le tuf en Cappadoce, percé par une fenêtre centrale conçue tout exprès pour intercepter le premier soleil du matin dans la vallée de Planail et illuminer le saint des saints. Tout autour, des anges et des saints de facture quasi byzantine. Il paraît qu'il n'y a rien de comparable dans toutes les Alpes. Des fresques datant de l'époque de Frédéric Barberousse et d'Hildegarde de Bingen.

Dans cet endroit, quand la pure lumière alpine perce l'obscurité, voici qu'une espèce de pagaille s'empare des hordes célestes. Un élégant mouvement d'ailes, de mains, de pieds, de draperies et une lueur de regards émerveillés et joyeux se propagent comme un frisson vers la silhouette du Créateur et paraissent diffuser dans la pénombre un chuchotement effrayé, haché par des soupirs. Les anges remuent, parlent, communiquent toute la force originelle des débuts du christianisme. Je retrouve Byzance, mais sans sa raideur hiératique, le mysticisme oriental préchrétien, l'ascétisme de Pythagore, la vocation judaïque des Esséniens, la spiritualité platonique, la solitude érémitique des prophètes Élie et Jean-Baptiste, le désert des ermites coptes. Autant de choses qui nous viennent d'Orient. Le temple de Jérusalem regardait dans cette direction, puis les chrétiens imitèrent les juifs, et dans les églises ils substituèrent la direction est-ouest à la direction nord-sud des principaux édifices de l'Empire romain. Ils le firent même si bien qu'aujourd'hui, pour dire « chercher la direction », nous utilisons le verbe « s'orienter ». Mais il est paradoxal de constater que cette merveille n'est restée intacte que parce qu'à l'époque baroque, les murs furent blanchis à la chaux et l'endroit dégradé au rang de colombarium ou fosse commune pour les cercueils des moines. Face à un pareil massacre, on se demande si la perception magique du sacré n'est pas morte au XVIIe siècle et si la foi n'a pas été remplacée tout bonnement par la théâtralité.

Le père Pius, un grand vieillard que nous rencontrons tout à fait par hasard dans cet admirable lieu de lumière et de prière, est arrivé ici à 11 ans, comme Sebastian. Il nous raconte qu'il a été conquis par l'allégresse des moines, cachée derrière leur croûte extérieure de dureté, et par leur façon de plaisanter. Mais il déplore aussi l'interruption du rapport entre Marienberg et le Tyrol du Sud, une terre qui pendant des siècles a offert à l'abbaye ses plus belles vocations. « Aujourd'hui, plus de la moitié des moines viennent d'Allemagne, d'Autriche et de Suisse. Ce n'est que si nous réussissons à entrer de nouveau, avec sincérité, dans le véritable esprit chrétien, dans le *Christliches Geist*, que le rapport avec la vallée pourra se rétablir. » Je lui demande s'il y a ici des spirales d'espérance. Il répond : « Par rapport à il y a vingt ou trente ans, les jeunes cherchent à vivre d'une manière plus proche de la nature, et s'il existe un lieu où un tel choix peut se réaliser, c'est bien l'abbaye. Surtout celle-ci. Ici, on vit le changement des saisons et le jeu des nuages de façon particulière. »

Le soir descend. La lumière se transfigure tandis que le vent, en même temps que l'Adige, se canalise au sud en direction de Laudes, peigne les champs de seigle et caresse les vignes pour obliquer ensuite vers l'est, en direction de Merano. On l'appelle l'*Oberwind*, ce vent. C'est le grand pollinisateur et c'est pour cette raison que les habitants de la vallée l'ont rebaptisé, pleins de gratitude, le « père du pain ».

Oscillation harmonique des sapins. Des vaches, accrochées à des prés verticaux, ruminent paisiblement. Une dernière déflagration d'hirondelles autour de la tour du monastère. En bas, l'ombre s'étend comme une tache d'encre, mais le spectaculaire côté sud des Alpes autrichiennes, striées de neige, brûle encore d'une lueur orangée.

Le lendemain, de bonne heure, nous montons vers la frontière. Depuis ma tendre enfance, j'en ai gardé un beau souvenir. Les Autrichiens nous demandaient la *Grüne Karte*, par la fenêtre de notre Giardinetta, mon père leur tendait cette carte verte et la *Grenzpolizei* lui faisait signe de passer. J'étais si petit que, depuis le siège arrière, je ne voyais que le ceinturon de l'agent sur son grossier pantalon de feutre vert-de-gris. C'était ainsi que se consommait, par un rituel empressé, le passage à Resia ou au col du Brenner dans les années 1950. Par le Brenner, en particulier, on franchissait la frontière avec un frisson presque aphrodisiaque, pour aller acheter du speck fumé à la boucherie d'Alois Flickinger à Gries, un hameau d'une trentaine de maisons avec un clocher pointu. Et aussi du *Schüttelbrot*, du rhum, du pain noir, des pastilles de menthe rondes et blanches, comme des pièces de monnaie. L'Autriche avait pour moi un parfum de bonbon à la menthe.

Avec la même euphorie, les « Allemands » tombaient sur Vipiteno (qu'ils appelaient Sterzing) pour faire emplette de poupées, de petites gondoles en bois et de vin de table dans l'invraisemblable bazar de Maria Bernmeister. Pour eux, l'Italie c'était une odeur de sauce tomate et des douaniers méridionaux qui gesticulaient. Ils arrivaient dans des side-cars ou à bord de vieilles Volkswagen, avec ce regard heureux des Nordiques arrivant au pays des citrons. La guerre n'était pas finie depuis bien longtemps et un sur dix d'entre eux n'avait qu'une jambe ou affichait un autre signe d'invalidité. Même les attentats qui, au nom de la *Heimat*, abattaient les pylônes du Tyrol du Sud, ne parvenaient pas à gêner les affaires des commerçants. Dans le cadre de la lutte antiterroriste, l'armée patrouillait la frontière, mais pour nous ce passage était une fête.

Dans les virages larges et faciles de la montée jusqu'au col de Resia, le voyage reprend la ligne directrice de la Via Claudia Augusta et affronte le cœur des Alpes. J'ai longtemps vécu aux confins autrichiens du Haut-Adige, j'en connais chaque montagne. Mon père était militaire et lors des semaines de vacances – d'été ou d'hiver – il séjournait souvent avec toute sa famille dans les hôtels pour officiers du Haut-Adige ou du Frioul, installés dans les anciennes casernes austro-hongroises. À Tarvisio comme à Colle Isarco (ou Gossensass), des flots de chasseurs alpins de l'armée italienne sortaient avec leurs mules dans un magnifique sillage de crottin et, même en vacances, les militaires de carrière vivaient dans un climat excitant de fort Bastiani. Certes, on allait souvent faire les courses « là-bas », mais en même temps cette présence armée était vécue comme quelque chose de naturel et de nécessaire pour surveiller la ligne sacrée du partage des eaux de notre patrie. Bien peu de gens, à ce qu'il semblait, attachaient de l'importance à l'idée que pendant des siècles le Brenner n'avait jamais fait office de frontière et que, jusqu'au mois de novembre 1918, l'Autriche avait eu pour seuil le lac de Garde.

Ces frontières constituaient mon univers et je les vivais sans même avoir conscience du drame des Options[1] et des trains de juifs qui, moins de quinze ans auparavant, étaient passés par là en direction d'Auschwitz. Ma mère, d'origine austro-hongroise, m'avait attifé à la mode tyrolienne, culotte de peau et chapeau vert foncé orné d'une plume de coq, avec une quantité d'insignes colorés acquis dans les cols alpins, de la Suisse aux Alpes juliennes. J'allais en randonnée au refuge Bicchiere au fond du val di Fleres, sans savoir que ce nom était la piteuse traduction de Becker Hütte et, tous les dimanches à dix heures, j'attendais avec anxiété la fanfare des Schützen, sans avoir conscience ni du message identitaire implicite à ces tambours ni de mes racines d'Europe de l'Est.

1. Heurts entre les populations italophones et germanophones.

Par-dessus tout, le Brenner était un lieu de rencontre et d'échange. Les trains fonctionnaient, il y avait d'incessantes allées et venues, et la gare de chemin de fer était un univers fascinant. On voyait passer des locomotrices mises à mal par la longue montée depuis Fortezza et d'impavides conducteurs des *Österreichische Bundesbahnen*. Un gigantesque maçon, dénommé Andreas Untertoller, me prenait sur ses genoux et me parlait dans un mélange fascinant d'allemand et d'italien. Les maisons des cheminots, à deux pas de la frontière étaient peuplées de personnages mythiques qui m'emmenaient chercher des champignons. Ils savaient passer la frontière sans se faire pincer par la police et mettre la main sur de tout jeunes cèpes, sous le tapis de feuilles des arbres autrichiens.

Puis vint le temps des camions. Les pots d'échappement noircissaient la neige de novembre à mars. Parfois, la file de camions commençait dès Mules, à 25 kilomètres de là. Le temps des attentats avait pris fin, un état tendu de non-agression s'était installé à Bolzano, entre Italiens et Tyroliens, et je continuais à franchir la frontière dans la plus grande allégresse, à skis cette fois, sur les pentes de montagnes intactes, vierges de toute installation. À force de séjourner dans la région, j'avais appris à connaître tous les secrets du Haut-Adige. Je le connaissais mieux que les douaniers. On montait avec les peaux de phoque pour redescendre à

Obergurgl ou rejoindre la Nürnberger Hütte à Stubaital. Qui sait combien de fois j'ai pu passer au-dessus de la momie d'Ötzi, père de tous les frontaliers, qui était encore à l'époque enfoui dans la neige. J'ai appris mes premiers rudiments d'allemand à l'hôpital après m'être fracturé la jambe dans un couloir d'escalade. Là toujours, à la frontière.

Le temps des nouveaux murs était encore loin. L'Europe vivait son printemps, la frontière – du moins le pensais-je – ne pouvait que s'ouvrir davantage, le Brenner était devenu une simple formalité. Au mois de juillet 1989, dans le train à destination d'Innsbruck, je fis la connaissance d'un Viennois, Jozsef Barna, né en Hongrie, d'où il avait pu s'échapper après la répression soviétique de 1956. Il me raconta sa fuite, sa vie d'immigré qui avait réussi. Il regarda les sapins qui filaient le long de la fenêtre et me dit : « La patrie, c'est le pays qui te nourrit, et j'ai aussitôt considéré l'Autriche comme ma nouvelle patrie. Je suis devenu autrichien. Les nouveaux immigrés ne sont pas comme nous. Ils restent étrangers. » Peu de jours auparavant, le rideau de fer avait été démantelé par les soldats hongrois, sur la frontière même qu'il avait franchie en risquant sa peau. Une libération, me dis-je. Mais au contraire, M. Barna était inquiet. Il craignait déjà que la petite Autriche ne fût pas capable de résister au choc des peuples libérés.

Et l'on vit, en effet, éclater la guerre des Balkans, la machine à fuyards se remit en route et à la frontière on vit passer des Bosniaques, des Kosovars, des Serbes. Certains s'arrêtèrent en Italie, mais le rêve de la majorité d'entre eux était l'univers allemand. L'Autriche fit son devoir, absorba même les Tchétchènes fuyant la répression de Poutine. Pour les nouveaux arrivants, ce fut au début le pays de Cocagne. Sécurité sociale, deux mille euros pour les familles avec trois enfants, logement subventionné. Le slogan du maire de Vienne était « *Humanität und Ordnung* », humanité et ordre. Mais déjà quelque chose commençait à gripper dans le mécanisme. La petite Autriche entrait dans l'espace Schengen avec mille frayeurs et son inquiétude se transformait en votes pour les populistes de Jörg Haider.

Le col, la descente sur Nauders, la forteresse de Finstermünz, les gorges de l'Inn, la route qui s'élargit en direction de Landeck. Je connais chaque mètre, chaque courbe de cette vallée. Les prés sont toujours les mêmes, mais l'atmosphère a changé. Trop de contrôles, trop d'uniformes, trop de pression sur la vieille frontière. On reparle de barrages et de barbelés, l'Europe se fragmente, se ferme, s'affaiblit, fait exactement ce que souhaitent les islamistes, la Russie, l'Amérique et la Chine. Maintenant qu'en Europe, nous nous ressemblons bien plus qu'avant, maintenant qu'il n'y en a plus que pour la mondialisation, le dépaysement, les mêmes tempêtes financières et migratoires, au jour d'aujourd'hui, je sens se diffuser la dangereuse illusion qu'il vaut mieux se fermer.

J'ai un vice. J'étudie les cartes géographiques. Je le fais depuis que je suis tout petit. Ma connaissance du monde est partie de là, des cartes que mon père ouvrait sous mes yeux, avant de m'emmener en balade dans les Alpes. La route du Resia et celle de l'Arlberg je les ai apprises par cœur, d'abord sur la carte, puis sur le terrain. Je connais parfaitement l'Europe et je sais ce qui l'entoure et la menace. Jamais au cours de l'histoire, nous n'avons eu autant de problèmes en commun, et pourtant voilà que l'Europe, au lieu de se souder, se chamaille, élève des barbelés, se divise, remet en doute la démocratie. Elle ignore ses propres racines. Elle oublie qu'elle est la terre des règles. La terre de saint Benoît.

La voiture vole vers la vallée du Rhin ; en trois heures, elle a changé trois fois de versant. Méditerranée, mer Noire, mer du Nord. Je suis au cœur du continent et la vision se fait de plus en plus absurde dans toute sa clarté. Dans quelques années, ce seront bel et bien les pays anciennement communistes de l'Union qui dicteront l'ordre du jour politique. La Pologne, la Hongrie, et les autres, c'est-à-dire, peu ou prou, l'ancien pacte de Varsovie. Comment faisons-nous pour toujours sous-estimer les facultés de manipulation inouïes des régimes qui jusqu'à hier ont gouverné par la peur, au point de déterminer la dissolution violente d'un pays entier, la Yougoslavie ? Comment peut-on ne pas voir qu'il y a des gens qui ne demandent pas mieux que de museler nos démocraties, de faire de nous une colonie et de parachever le saccage de la planète ?

À la frontière suisse, revoilà la douane, la police des frontières, le bureau de change et la présentation de la carte verte. Voilà le vieux rituel rassurant qui revient. Nous passons, avec un doute au cœur : l'Europe n'était-elle pas plus unie au temps des passeports ?

6
La pharmacie de l'âme

Saint-Gall, Suisse

À Saint-Gall aussi les hirondelles ont organisé un spectacle. Elles tournoient par centaines autour des deux campaniles jumeaux de la cathédrale, planent sur la place, les ailes grandes ouvertes à la façon d'un crucifix, elles nous effleurent, paraissent administrer à la foule du dimanche une foudroyante bénédiction, puis elles se cabrent, décochant de nouvelles rafales de trilles, et se réunissent en un nuage unique pour s'effilocher de nouveau. Ces vols nous disent que voici quatorze siècles, un rude moine irlandais du nom de Gall partit de l'île d'Iona et, après un long voyage à travers le continent, s'installa non loin d'ici, dans une grotte située sur les rives d'un torrent, le Steinach, à quelques kilomètres du lac de Constance, au cœur d'une forêt habitée par des païens méfiants. C'était en l'an 612. Aujourd'hui, le monastère bénédictin né de ce premier oratoire n'existe plus ; dans l'église, la pompe rococo a remplacé la simplicité du site médiéval, les pères de la foi s'en sont allés. Mais pas les hirondelles. De même qu'à Praglia, Sankt Ottilien, Viboldone, Muri-Gries et Marienberg, elles continuent à fréquenter les lieux pour adresser au Très-Haut des *Te Deum* pleins de reconnaissance. Leurs livrées aussi noires que des robes de bénédictins ponctuent la topographie du sacré en Occident.

Dans l'abside occidentale, cinq chanteurs suivent une solennelle partition grégorienne, mais l'âme de l'endroit se situe ailleurs. Elle n'habite certainement pas dans les écœurantes décorations baroques de cet immense édifice qui paraît construit non pas pour exalter, mais pour dissimuler la force du premier message chrétien. Ici aussi, la contre-réforme a sacrifié la simplicité médiévale pour combattre le protestantisme de manière plus ostentatoire. Et voilà pourquoi l'âme de saint Gall se trouve non pas dans les deux gigantesques clochers – trop grands pour un village où les sonnettes suffisent – ni dans l'extrême puissance de l'orgue double, plein de portes, de boyaux, d'armoires et de décorations en bois, dont les leviers de commande et les soufflets passent sous le maître-autel. Non, c'est ailleurs que l'on recueille l'esprit des fondateurs. Dans le plan roman à deux absides, dans les souterrains médiévaux, dans la crypte où se trouve le crâne de Gall et dans celle de son successeur bénédictin, Otmar de Reichenau, ami des peuples alémaniques d'outre-Rhin. On peut l'apercevoir dans les représentations naïves de l'ours que saint Gall apprivoisa dans la forêt obscure, ou dans le légendaire et inépuisable tonneau de vin que l'on trouve dans les peintures, à côté du fondateur de l'abbaye. Ou alors dans la sonnaille irlandaise du VIIe siècle qui servit d'humble cloche aux premiers fidèles venus d'au-delà des Alpes. C'est l'objet le plus ancien de la cathédrale.

On peut, dit-on, percevoir dans les souterrains une énergie immense, une force que Gall lui-même remarqua certainement lorsqu'il choisit le lieu de son premier oratoire, après avoir décrypté le territoire au-delà des Alpes avec une intuition encore druidique, peut-être. Sans cette première garnison de la foi chrétienne, on ne comprendrait rien à cette ville de l'est de la Suisse. Sa position ne révèle rien, parce que, plutôt que de dominer le paysage en se campant ouvertement face au lac et aux grandes montagnes, l'abbaye de Saint-Gall s'encastre dans une vallée entre deux collines, comme si elle ne voulait pas être vue. C'est parce que le moine pèlerin, venu de l'Atlantique, dut en premier lieu s'installer dans le maquis, afin de se cacher des montagnards et d'évangéliser le lieu avec une prudence infinie. Dans les Alpes, le paganisme tenait bon, à tel point même que le compagnon de voyage de Gall, saint Colomban, ayant reçu des menaces de mort de la part des païens de Brigantium – aujourd'hui Bregenz, dont le nom latin parle de lui-même – préféra partir pour l'Italie et fonder le monastère de Bobbio, de l'autre côté du Pô, sur un terrain que lui avait octroyé la reine des Lombards, Théodelinde.

Mais c'est un peu la Suisse entière qui trahit une parentèle bénédictine. On le comprend à sa perception presque excessive du temps, à sa ponctualité horlogère, à la compartimentation bien ordonnée des espaces et des heures de la journée, au besoin très helvétique de mettre en règle jusqu'aux lieux les plus difficiles et les plus sauvages, à sa manie de tout enclore sans laisser la moindre friche, la moindre zone franche où l'on pourrait faire perdre sa trace. Et que dire des fromages qui marquent aujourd'hui l'identité de ce pays, et qui ont commencé à être produits selon des techniques mises au point justement par les moines d'origine apennine. Exactement comme le vin, la bière, l'hydromel ou les eaux-de-vie aux herbes aromatiques. En suivant les traces des grands monastères, uniques entités capables de produire l'excédent de lait nécessaire à cette opération, il m'a été facile de reconstruire la diffusion de la technique fromagère de l'Italie centrale jusqu'aux pays du Rhin, aux Flandres et aux îles Britanniques. Sans les Bénédictins, certains produits raffinés des Trappistes comme le münster et le chaligny n'existeraient pas. Pour démolir les absurdes complexes d'infériorité des habitants des Apennins, il suffirait de reconnaître la racine italique des fromages fabriqués de l'autre côté des Alpes.

Dans la cathédrale, j'ai rendez-vous avec Peter Erhart, responsable des archives cantonales dans les locaux de l'ancienne abbaye. Les échanges de mails ne révèlent pas grand-chose de l'aspect des interlocuteurs et je m'attends, je ne sais trop pourquoi, à voir un vieillard un peu voûté, qui serait né et aurait grandi parmi des étagères poussiéreuses, quelqu'un qui – comme aurait dit Angelo Maria Ripellino – « n'est plus du genre à s'enflammer pour les jupes courtes » ; au lieu de quoi, je vois arriver un homme jeune et maigre, en tee-shirt, joyeux, hâlé par le soleil de la montagne, l'œil verdâtre et le cheveu couleur de paille. Autrichien originaire du Vorarlberg – la terre des brigands qui obligèrent saint Gall à se cacher et saint Colomban à émigrer de l'autre côté des Alpes –, Peter est marié et père de famille et il n'a vraiment rien d'un moine sinon son dévouement absolu envers un métier qui le fait voyager par l'esprit jusqu'aux racines du christianisme, et une histoire de famille qui lui a indiqué la route à suivre. « Mon frère aîné a choisi de devenir bénédictin. J'avais dix ans quand je l'ai vu partir. J'allais le retrouver tous les étés, puis je suis allé avec lui à Rome, au collège Saint-Anselme. Et c'est là que j'ai fait ma thèse de doctorat sur l'histoire du monachisme en Italie. »

Dès les premières paroles, l'enthousiasme de Peter est contagieux. « Toute la perfection documentaire et le talent de copiste de l'ordre se concentrent ici, dans ces archives qui figurent non seulement parmi les plus anciennes du monde, mais qui sont aussi les seules à transmettre grâce à leurs documents originaux le souvenir même de la fondation de l'abbaye, à l'époque mérovingienne. »

La bibliothèque en bois de l'ancienne abbaye, une des plus célèbres du monde, nous révèle déjà qu'ici, on franchit le seuil d'un saint des saints. L'écriteau à l'entrée, « *Psyche Iatreion* », la pharmacie de l'âme, vous annonce une merveille baroque dont la visite exige le rite des chaussons de feutre pour ne pas abîmer le pavage et se consomme dans le murmure plein d'admiration et de respect des visiteurs. Un endroit d'une parfaite harmonie, avec des étagères de livres datant de la Renaissance, des charpentes fabuleuses, des galeries et des niches munies de fenêtres, ainsi que de tables rabattables, construites pour la lecture à la lumière du jour. Des endroits où il est facile d'imaginer un grand homme de lettres plongé dans la consultation de manuscrits. Au-dessus d'une porte, un tableau représentant un Christ plus mort que mort, allongé sur une table de dissection, nous parle d'un monde où Dieu se situe déjà au crépuscule et où les pénombres du sacré sont violées par la lumière de la science.

Toutefois les trésors de cet immense patrimoine de souvenirs sont conservés dans le bunker, un souterrain fermé aux visiteurs, où nous avons le privilège de pénétrer grâce au plus expert des guides. Peter ouvre les verrous d'une porte blindée, effleure d'une main amoureuse les murs et les étagères, débranche l'alarme du meuble où sont rangés les documents les plus précieux, en sort avec les plus grandes précautions une lettre d'indulgence de la cour papale d'Avignon avec une dizaine de poches couvre-sceau produites par l'Espagne musulmane. « À cette époque, les papes utilisaient sans fausse honte les produits de l'islam », nous dit en souriant le seigneur des parchemins. Et ce n'est que le début d'un voyage qui remonte le cours du temps.

En l'an 926, on a le témoignage d'une fuite générale hors de la ville à cause d'une incursion des Hongrois. Et voici l'émouvante déclaration d'un novice qui renonce au monde, accepte le lien de *stabilitas* et promet d'obéir à la règle. Il y a aussi les premiers pèlerins irlandais, en visite sur la tombe de Gall, leur saint. Et une propriétaire, une certaine Pietas, qui, dans le but de financer son pèlerinage à Rome avec sa suite, vend à l'abbé Otmar des terrains donnant sur le lac de Zurich, pour lesquels elle reçoit soixante-dix pièces d'argent *et cavallos quinque cum saumas et rufias*.

Je touche l'histoire en tremblant, comme un aveugle touche un texte en braille. Je respire des odeurs de parchemin. J'observe par transparence les couleurs des miniatures à travers une lampe. J'en écoute le bruissement. La perception sensorielle du temps est si complète que je voudrais pouvoir mastiquer ces papiers, tant j'ai pour eux de gratitude. Un peu comme je rongeais mes crayons à l'école quand j'étais petit. Et quand Peter sort d'un coffret un document datant de 780 par lequel Charlemagne définit une rente à payer et y appose son sceau en appuyant sur la cire sa bague à l'effigie de l'empereur Antonin le Pieux, la pression de sa main sur cette cire chaude est si perceptible que je me surprends à répéter le geste en fermant le poing. Efficacité thaumaturgique des reliques, que l'Orient perçoit avec moins d'inhibitions que nous autres, disciples de Descartes. Parfum des musées d'autrefois. Et le voyage dans le temps continue, jusqu'au VIIe siècle, époque mérovingienne au cours de laquelle le parchemin fit son entrée parmi les scribes.

« Si nous avions continué à écrire sur du papyrus, tous ces trésors seraient déjà redevenus poussière. Le parchemin s'est révélé beaucoup plus efficace et il a préservé une infinité de documents de l'époque classique, recopiés par les moines. »

Peter a les yeux qui brillent, tandis qu'il caresse du bout des doigts un manuscrit enluminé du XIIe siècle. « Quand on pense que pour faire un livre, il fallait la peau d'une centaine de brebis, nous pouvons dire que notre mémoire de l'Antiquité est bêlante et puante. »

Les brebis. Voilà d'où vient l'odeur dominante de la bibliothèque de Saint-Gall. On ne peut pas faire plus italique que cette odeur-là. Chaque colonne torse, chaque chapiteau, chaque architrave, chaque bibliothèque, chaque sentier de l'univers des Apennins est imprégné de bêlements, voyage sur des fleuves de troupeaux de moutons et se ramifie en un réseau impressionnant de ces voies de transhumance qu'on appelle *tratturi*. La culture tout entière de la péninsule est fille de la brebis cheminant vers les pâturages. Allons, capitulez donc, illustres conférenciers des pâles terres du Septentrion : tout a commencé dans le Sud. Les Alpes sont arrivées ensuite. Le parchemin n'est que la confirmation de la centralité oubliée de l'Italie des bergers. Et de son âme bénédictine.

Sous forme de parchemin subsiste aussi une carte extrêmement détaillée, de l'époque carolingienne, qui représente, pour la première fois de l'histoire, l'idéal de la cité monastique. Elle est faite de cinq robustes feuilles cousues ensemble et montre un parfait projet de construction tout à fait fonctionnel. Une cinquantaine d'édifices, renfermant un monde capable de se suffire à lui-même, dans une transparence totale, sur le plan existentiel, économique, culturel, religieux et administratif. Étables, ateliers d'artisans, services d'hygiène, dortoirs pour les moines et les novices, locaux pour l'étude et la formation, cuisines, resserres, hospice pour les pauvres. Et puis l'église, le cloître, les réserves de livres et le *scriptorium*, espace qui, sur la carte de Saint-Gall, apparaît pour la première fois de l'histoire de notre continent sur un document. J'y lis le fourmillement affairé des moines, des paysans, des voyageurs et même de ces hirondelles qui s'agglutinent en nuages autour de la cathédrale du XVIIIe siècle.

Parmi les plus vénérables documents de Saint-Gall figurent aussi les papiers irlandais, arrivés ici dans le bissac des moines du Nord. Des manuscrits enluminés et des livres de musique faisant partie des fondements de la culture chrétienne d'Europe. Des manuscrits vénérés comme des reliques, qui comptent parmi les plus anciens exemples en latin de l'île. Le *Livre de Kells* et le *Livre de Durrow* nous éclairent quant à la spiritualité d'une église plus monacale qu'épiscopale, d'une extrême sévérité sur les pénitences et d'une grande originalité dans le choix de la tonsure qui dénudait la moitié du crâne. Trésor inconnu du monachisme celtique, qui explosa dans une terre jamais conquise par les Romains et qui évangélisa la moitié de l'Europe à la suite de la poussée initiale de saint Patrick. C'est de tels manuscrits que ressort toute la force du premier christianisme. C'est par l'entremise des moines de cette île lointaine, battue par les tempêtes de l'Atlantique, que le sacrement de la confession devint une pratique répétitive, pour ne pas dire quotidienne. Révolution totale par rapport aux temps plus anciens qui voyaient en elle un acte de douleur solitaire que l'on ne devait accomplir qu'une seule fois dans sa vie.

Je demande à Peter comment la bibliothèque s'y est prise pour éviter la dispersion de ces inestimables richesses. Le danger, ce n'était pas seulement les incursions et les guerres, mais les incendies, qui à l'époque dévoraient en un instant des villages entiers. Le gardien des manuscrits sourit, comme pour dire : tu crois vraiment que les moines n'y auraient pas pensé ? Et d'expliquer que les abbayes accordaient un soin maniaque à la conservation des actes les concernant, ne serait-ce que parce que ceux-ci constituaient le fondement juridique de leur propriété. Le souvenir du Moyen Âge avait une telle importance qu'en cas d'invasions, d'incendies ou d'inondations, les documents étaient mis en sécurité les premiers dans des conteneurs idoines appelés « caisses de fuite ». Une expression magnifique, bien faite pour indiquer toute la différence avec notre monde à nous qui a perdu tout respect pour le papier. Lors du grand incendie qui dévasta l'abbaye en 937, tous les manuscrits furent sauvés parce qu'ils avaient déjà été entreposés dans une tour fortifiée qu'un certain Hartmodo, un doyen dont le nom paraît sortir d'un roman de Tolkien, avait fait construire tout exprès.

Eh oui, le feu. Le feu barbare, vieille connaissance de l'Europe. Je revois l'incendie de la bibliothèque du monastère dans *Le Nom de la rose*, le bûcher des livres interdits par l'inquisiteur, le supplice de Giordano Bruno livré aux flammes sur le Campo de' Fiori, l'incendie de la bibliothèque de Sarajevo, les flambeaux des nazis, les fours crématoires. Un unique plan-séquence se déroule devant mes yeux sur fond de flammes rougeâtres. Les sorcières et les hérétiques brûlés vifs devant les évêques et la populace, la destruction de la bibliothèque d'Alexandrie, le visage de Joseph Goebbels devant un immense bûcher où brûlent les livres des intellectuels, des juifs, des communistes et autres dégénérés. Des étincelles montent en tourbillonnant jusqu'au ciel enténébré. C'est la vieille Europe qui s'exerce sur les livres en prévision de l'extermination des êtres humains.

À Saint-Gall, les gnomes suisses ont pris leurs contre-mesures. Ils ont photographié et conservé sur microfilms tous les documents, puis ils ont imaginé de nouvelles caisses de fuite plus modernes qu'ils ont rangées sur les étagères, de telle manière que les livres restent visibles pour être consultés.

« En quelques minutes, l'Arche de la mémoire peut être évacuée et mise en lieu sûr », jubile l'excellent Erhart et, en prononçant ces mots, il semble vraiment être l'homme le plus heureux du monde, au milieu de ses trésors millénaires.

Sa ferveur grandit : « L'Europe existait déjà alors, et pas qu'un peu, car dans la tête des gens, il n'y avait pas les frontières d'aujourd'hui. »

Il explique que les habitants de la terre du soleil couchant étaient habitués à parcourir des distances énormes. « Pensez donc, les abbayes échangeaient les listes de leurs moines, afin de multiplier les oraisons pour les défunts… c'était le Facebook du haut Moyen Âge… »

C'est mieux que nous autres, gens d'aujourd'hui, me dis-je *in petto*, qui construisons des murs alors que nous n'avons que le slogan « sans frontières » à la bouche.

Les moines de Saint-Gall et leurs confrères du nord de l'Europe voyageaient souvent, ils descendaient eux aussi en Italie, attirés par la légende du Grand Tour. Mais à la différence de Goethe qui, presque toujours, se la coulait douce au milieu de nobles et de mécènes, les moines côtoyaient aussi des fainéants, des rustres et des ploucs. Ils avaient une vision complète et transversale de la société. Ils étaient des voyageurs bien rodés. Peter ouvre un manuscrit, découvert assez récemment, qui raconte en langue latine le voyage à Naples de deux moines, au mois d'octobre de l'an 1700. Il lit qu'en Campanie, la fertilité de la terre est telle qu'elle finit par faire des paresseux des paysans eux-mêmes. Au point de devoir « craindre que Naples, par la faute de l'inactivité et de l'abondance de nourriture, ne devienne semblable à Sodome et Gomorrhe, si Dieu ne lui mettait pas sous les yeux deux bastions pour la surveiller : l'un est le tremblement de terre, qui jusqu'à une époque récente a laissé des traces ; et l'autre… est le Vésuve qui ne cesse jamais de fumer et menace d'exploser, comme il le fit voilà quelques années, quand il éructa un fleuve de lave jusqu'à Naples…

« Ces bastions, poursuit le bibliothécaire, contribuent à freiner un peu les Napolitains, et s'arrangent pour que la population montre une grande dévotion envers le Très Saint Sacrement, la bienheureuse Vierge Marie, saint Gennaro et ses autres protecteurs. Pour le reste, ils se vantent par-dessus tout de la fécondité de leur terre, en disant de façon ostentatoire : "Si l'Italie est le jardin de l'Europe, Naples est le paradis de l'Italie" ; et le peuple a coutume d'affirmer – *ut plebs dicere solet* – "mange des brocolis, vois Naples, et meurs, mon trésor", comme s'il n'y avait vraiment rien de plus délicieux à se mettre sous la dent que les brocolis qui poussent ici à profusion, ou comme si l'on ne pouvait rien voir de plus enchanteur dans toute sa vie que la ville de Naples. »

La littérature de voyage produite par les moines – laquelle est encore entièrement à lire et à étudier – paraît avoir une telle ampleur qu'elle ferait douter de la *stabilitas*, pierre angulaire de la règle bénédictine. «*Mönch-Sein und Reisen, wie geht das zusammen ?*» ai-je lu dans un texte de l'ancien primat Notker Wolf. « Être moine et voyager, ces deux choses vont-elles ensemble ? » Oui, certes, parce que le choix du lieu est le terminus d'une *peregrinatio* à la recherche des endroits isolés et lointains de la planète. Une sorte d'exil auto-infligé, peut-être d'origine irlandaise. Un pèlerinage qui n'est rien d'autre qu'une méticuleuse exploration du territoire. Voilà pourquoi une espèce d'agitation migratoire demeure toujours dans les abbayes, et on en trouve la confirmation justement parmi les robes de moines qui voyagent de l'autre côté des Alpes, assoiffés de Méditerranée. Des histoires dans le genre de celle de ce moine globe-trotter, sorti de l'abbaye d'Einsiedeln, qui partit voyager, en 1976, dans les îles italiennes et perdit la vie en tombant dans le cratère du Stromboli, à l'instar du philosophe Empédocle qui se serait jeté dans la gueule de l'Etna afin de découvrir le secret de son activité volcanique.

Mönch-Sein und Reisen... le thème est fascinant. Peter me regarde de l'air de quelqu'un qui en sait long : « Adalbert de Vogüé était un moine français lié à l'abbaye de Sainte-Marie-de-la-Pierre-qui-Vire, et sais-tu où il a écrit ses textes les plus inspirés sur la *stabilitas* ? Dans les aéroports. Lors des intervalles de sa vie de nomade. Il a même réussi à ne pas mourir dans son lit. Il était sorti faire une randonnée, et ses camarades ont retrouvé son corps au bout de huit jours, au plus profond du bois. Une vraie légende. »

7
Piano et murmures

Cîteaux, France

Sous une couche de nuages, la France s'ouvre, avec ses champs de céréales et son vent venu de l'Atlantique qui s'infiltre par la trouée de Belfort, entre les Vosges et le Jura. Des camions, des écluses sur les fleuves, des routes peu sinueuses, pas un tunnel, de vastes horizons. En s'éloignant des Alpes, la musculature du continent se décontracte. La France est peu habitée, il en émane un silence sévère et vierge d'échos. Mais c'est justement le silence que je cherche à Cîteaux, antique Cistercium, où en 1098 naquit dans la famille bénédictine – dont la puissance économique avait pris trop d'ampleur – l'ordre des Cisterciens, prônant un retour à la pauvreté évangélique et à une plus stricte observance de la règle. Bon accueil, écoute, solidarité, chant, travail manuel, charité : tous les fondements de la pensée de saint Benoît furent relancés de manière impressionnante au XIIe siècle par cette nouvelle vague d'athlètes de la foi, lesquels fondèrent en un seul siècle plus de cinq cents abbayes. Je sens que mon voyage coïncide de plus en plus avec la redécouverte des valeurs liquidées ou tournées en dérision par la modernité. Mais entre toutes ces valeurs, c'est pour le silence que j'éprouve le plus de nostalgic.

Les clochers à bulbe de la Bavière sont derrière moi. Le cœur de l'Hexagone est caractérisé par ses eaux douces et ses ondulations verdoyantes ; un monde de péniches, de nymphéas et de bicyclettes, ponctué par des flèches gothiques et de robustes églises romanes. Après le confluent de la Saône et du canal du Rhône au Rhin, le voyage vers l'ouest connaît une accélération, comme si l'on était sur un plan incliné. On va, hypnotisé par le soleil qui avance dans la même direction, jusqu'à ce qu'apparaisse à l'horizon une ligne noire, semblable à l'onde d'une marée, qui paraît couper en deux la France entière, du nord au sud : c'est la Côte-d'Or, le terroir des grands vins de Bourgogne. Au pied de cet escarpement apparaît l'abbaye mythique, ou plus exactement ce qu'il en reste après les saccages de la guerre de Trente Ans et les dévastations de l'époque révolutionnaire. Le cœur même du monastère est entièrement neuf, d'une nudité parfois déconcertante. Et il est étrange, dans cette Bourgogne où le Moyen Âge triomphe dans chaque village ou presque, de découvrir que Cîteaux elle-même, la grande maison mère, n'a presque plus rien d'ancien.

Mais au-delà du long mur d'enceinte, c'est toujours la France qui vous accueille. Rurale et dispensatrice de nourriture. Odeur de foin, de vaches et de fumier. Un tracteur déplace des tas de terre devant la « fromagerie », deux ouvriers en bleu de travail nettoient les canaux d'écoulement de l'étable. Mais dès qu'on a franchi la porte d'entrée de l'abbaye proprement dite, on pénètre dans un monde de murmures. De la part du moine portier, quelques phrases courtoises. Il a de grandes mains de campagnard et il nous montre le chemin joyeusement, comme à des brebis. Sa robe cistercienne, blanche au scapulaire noir, est cintrée à la taille par une commode ceinture de cuir, symbole du travail manuel retrouvé.

L'église est si dépouillée qu'elle en frôle l'iconoclastie. Une croix, une sainte vierge et le portrait des trois saints patrons : Albéric, Étienne et Bernard. C'est là une recherche de l'essentiel, calquée sur une tradition du XIIe siècle. L'architecture cistercienne cherche la beauté non pas par des ajouts, mais par des retraits, et c'est peut-être pour cela qu'elle parle aussi aux non-croyants. Les silences font partie de cette philosophie. Entre deux chants, ils sont plus denses qu'en haute montagne. « Seigneur, que ma prière s'élève / devant toi comme un encens. » Révérences, génuflexions, une raideur de soldats mis en rang. Je me demande à quoi je suis en train d'assister, à une mort ou à une renaissance. Et si des endroits tels que celui-ci sauront résister au vacarme du néant qui nous assiège.

La vie s'écoule selon des rythmes inchangés depuis quatorze siècles : les sept prières, le travail des champs, la fabrication du fromage, les canaux d'irrigation d'un âge canonique, le babil de l'eau près d'un ancien moulin. Tout s'insère dans ce flux, même la mort. Au moment où nous arrivons, le doyen de cette compagnie très spéciale de croyants, Hubert, part pour l'autre monde, entouré par ses frères. Il a quatre-vingt-quatorze ans, dont soixante-seize de vie monastique. « Mon Dieu, soupire-t-il, comme il est compliqué de mourir. » Et il implore : « Dites à Jésus de venir me prendre. » Quand tout sera fini, l'abbé Olivier Quénardel – un mètre quatre-vingt-dix de calme et de rigueur – ne me cachera aucun détail de ces derniers instants. « Hubert. Un personnage humble, doux, fort. Fils de l'aristocratie, il a choisi le travail manuel et il a vécu sa vocation d'une manière admirable. Il a communié à midi et, trois heures après, il s'en est allé. » J'enregistre chaque syllabe du discours de l'abbé. J'ai toujours été curieux de comprendre comment on meurt.

Lorsque survient l'annonce du décès, à l'heure des complies, les oraisons du soir, un vent léger fait frissonner les tilleuls du jardin, lesquels à leur tour allongent leurs ombres sur le blé qui s'incline de la même façon que les moines en prière. J'écoute les magnifiques paroles de rébellion contre la tournure matérialiste que prend le monde. Psaume 118 : « Incline mon cœur vers tes ordres et non pas vers le gain. » Puis, plus loin : « Accompagne ceux qui sont contraints à l'exode, ceux qui cherchent une patrie. » Avec Irene, je sors dans le soleil rasant qui incendie le thym et le romarin du potager, ainsi que les buis bien taillés sous les croix du cimetière. Ici, les trépassés font partie de la communauté. Beaucoup sont enterrés deux par deux. Je n'entends rien d'autre que nos pas sur les graviers, le bourdonnement des abeilles, le bruissement des feuilles, le murmure de l'eau dans les canaux. Et de nouveau la sensation d'une énergie incroyablement forte, enfermée dans les fondations. Comme si, voilà mille années, les moines avaient choisi Cîteaux avec un instinct de rabdomanciens, se fondant sur une perception sensorielle précise. Comme si le sacré montait aussi des profondeurs et ne descendait pas seulement des hauteurs célestes.

De l'église nous arrive un chant d'une nostalgie lancinante. « Cachés dans le cœur de ton mystère, nous te reconnaissons sans jamais te saisir. » Comme un cri résonnant dans le désert, ce désert choisi par les premiers ermites en Égypte, afin de pousser à l'extrême leur combat contre le grand tentateur. Et c'est peut-être dans cette essentialité de la prière, comprise comme la célébration d'une absence, que le monde cistercien a trouvé la force nécessaire à sa diffusion explosive à travers l'Europe du XIIIe siècle. Sise au pied des vignobles de Bourgogne, Cîteaux a tiré de ceux-ci la capacité de ressurgir à l'infini de multiples fois, après les destructions, les disettes, les saccages, les pestilences. On en a chassé les moines, on a transformé les lieux en étables, en sucrerie, et même en maison de redressement, mais toujours l'abbaye renaissait. Toujours, elle revenait à sa vocation première, comme les hirondelles au printemps.

Le grand échalas d'abbé nous reçoit au parloir et, dès le début, il nous surprend en puisant dans un arsenal de paroles chargées d'une énergie cistercienne unique en son genre.

« Le moine est un lutteur, un combattant, un athlète. Bernard de Clairvaux n'était pas un tiède personnage. Il était habité par la fièvre, par une flamme que je reconnais de nos jours chez le pape François. Le moine est un pyromane chez qui brûle l'incendie de la foi… un homme qui affronte de redoutables tempêtes de l'âme. »

Je le questionne sur l'*ora et labora*, je veux savoir lequel des deux prévaut.

« Je ne suis pas venu à Cîteaux pour fabriquer du fromage, mais pour chercher Dieu… On ne se fait pas bouffer par le travail. »

Cela m'intéresse de comprendre, lui dis-je, comment un espace aussi clos peut améliorer le monde. Il répond : « C'est une illusion que de le penser, mais dans notre petit coin, nous sommes des artisans de la paix. Je suis certain d'une chose : ceux qui viennent ici retournent chez eux transformés. Pour nous le bon accueil est la base de tout. Derrière l'hospitalité, il y a le mystère de l'incarnation. Quiconque frappe à notre porte est le Christ en personne. »

Mais il en revient toujours au thème clef. « Ici, c'est une terre de silence, où l'homme maintient en vie la parole. Le silence est la sentinelle de la langue, et la langue risque constamment de pécher. Outre qu'il nous permet de communiquer avec nous-mêmes, il nous aide à atteindre le Seigneur. Il favorise les relations fraternelles. C'est la musique du ciel qui pour finir redonne sa valeur à la parole… »

J'ai vécu pendant des semaines dans un phare isolé et je sais ce que c'est que le silence. Il permet de voyager avec l'âme, mais par-dessus tout il aide à distinguer l'important des imbécillités qui nous envahissent comme des herbes folles. Le silence nous libère. Il fait tomber les pitoyables obstacles que nous dressons pour tenir en respect les pensées, les craintes, les inhibitions, les souvenirs, les squelettes dans l'armoire. Ce type de silence n'est pas en fait une reddition face à une réalité bruyante. C'est le dur entraînement nécessaire pour y faire face. Dans ses *Villes invisibles*, Italo Calvino explique qu'il y a deux manières d'affronter l'enfer des vivants. « En devenir partie prenante au point de ne même plus le voir, ou alors chercher et savoir reconnaître, au milieu de l'enfer, tout ce qui n'est pas cet enfer, et le faire durer, et lui donner de l'espace. Mais cette seconde manière n'est pas sans risque et elle exige une attention et un apprentissage ininterrompus. » Un travail pénible, dont le fondement est, justement, le silence. Nous sommes assaillis par des paroles hostiles. En Yougoslavie, les canonnades authentiques furent méticuleusement préparées à partir des canonnades des médias et des mensonges des agents de persuasion cachés dans l'ombre. Je sais que bien des dirigeants irresponsables mériteraient un séjour obligatoire – voire une réclusion – dans des lieux tels que ce monastère. « Que mes lèvres acquièrent, qu'elles récupèrent / le mutisme lointain, primordial / semblable à une note de cristal / qui vibre, pure, jusqu'au moment de sa naissance. » Comme ils s'adaptent bien à Cîteaux, ces vers de mon cher Ossip Mandelstam !

La densité de cette dimension taciturne, on la sent surtout au dîner. Repas frugal, beaucoup plus que dans la grasse Bavière. Le catholicisme français a quelque chose de cartésien et de rigoureux et il est plus conservateur, par rapport à l'Italie et à l'Allemagne. On n'entend que le bruit des plats. Par un petit haut-parleur nous parvient la lecture qui se fait au même instant dans le réfectoire des moines, strictement séparé du nôtre. Un des moines lit l'histoire de l'abbaye, ponctuant ses phrases de pauses extrêmement savantes. C'est une coutume admirable, qui gonfle les paroles de sens et les rend presque emphatiques. Mozart nous rappelle que la force de la musique n'est pas dans les notes, mais bien dans les espaces qui les séparent.

Au dîner, nous sommes sept, plus deux prêtres en visite. Une soupe, un petit morceau de viande avec une salade. La règle est un hymne à la frugalité et une admonestation contre le superflu. Nous mangeons sans parler, dans un silence convivial propre à unir tout le groupe et à laisser filtrer le caractère de chacun. Il y a un Flamand qui m'est sympathique par la seule façon qu'il a de beurrer sa tartine. À ma gauche, au contraire, est assis un Français qui ne sourit jamais, et sa façon de refuser le vin d'un geste sévère me fait comprendre qu'il ne pourra y avoir aucune empathie entre nous. Parbleu, un Français peut-il dédaigner le vin ? Se taire ensemble crée une trame d'affinités électives, qui n'a en effet pas besoin de paroles. Se taire vous oblige à communiquer d'une manière plus directe, par le biais de la mimique, du regard, de la démarche. On se pressent, ce qui est cent fois mieux que de se comprendre. Peut-être n'existe-t-il rien de pire qu'une langue commune pour créer des malentendus.

Après huit heures du soir, le silence devient si dense qu'il ne reste plus qu'à dormir, d'autant plus que la première prière est fixée à quatre heures du matin. Mais le soleil n'est pas encore couché et, comme cela m'arrive souvent au cours de ce voyage, je n'ai pas sommeil. Commence alors une de ces nuits blanches idéales pour faire le point sur son existence, alors autant se consacrer sans attendre à cette entreprise, aller droit au cœur de l'histoire, en écrémant le superflu. On ne saurait dire qu'il est simple de se résumer soi-même, j'essaie néanmoins. Pour commencer, j'ai deux enfants, deux fils européens qui vivent loin de moi. Des citoyens du monde, avec des racines fortes, mais des origines frontalières. Ils font des métiers utiles à la planète : l'un s'efforce de sauver le climat, l'autre les aliments authentiques menacés par la mondialisation. Ils m'ont donné deux petits-fils, pour qui j'ai le sentiment de ne pas faire assez. Ils m'échappent sans cesse et grandissent à vue d'œil. L'un est un doux coquin altruiste. Il lit des atlas. Alors qu'il était encore à la crèche, je l'ai surpris à étudier le système solaire. L'autre, plus petit, a des yeux éternellement étonnés et la musique au-dedans de lui. Son père joue de la guitare et la lui faisait entendre avant même qu'il ne fût né. Tous deux ont appris à voyager depuis qu'ils sont tout petits, ils ont compris ce que sont les passeports. Ils ont d'excellentes mamans et savent donc faire bon accueil. Ils ont déjà compris que le monde est fait de gens différents. Ils ne vivent pas le nez collé à un écran. Ils côtoient de près les vaches et les chevaux et n'ont pas peur de se rouler par terre. Voilà, c'est tout. Et c'est déjà tellement, il y a de quoi remercier le bon Dieu.

Ils me manquent, mes deux petits brigands, ce soir, en Bourgogne. Je sais déjà qu'un jour, ils me demanderont à brûle-pourpoint ce que c'est que cette Europe dont je parle à n'en plus finir, et alors, je devrai leur répondre sans hésiter. Je pourrai leur montrer les monnaies frappées dans les pays alliés qui pas plus tard qu'hier se faisaient encore la guerre. Je pourrai me rappeler que le grand-papa de leur grand-papa a dû lui aussi s'exiler parce qu'il avait faim et qu'il a traversé une grande mer, comme les migrants d'aujourd'hui. Ou raconter les guerres du siècle dernier et dire qu'il existe un vieux démon qui risque de se réveiller encore une fois. Je pense souvent à ce qu'on peut dire pour rallumer chez les plus jeunes la flamme des pères fondateurs de l'Europe. Dire peut-être des choses simples. Par exemple, que notre terre est celle où le soleil se couche. Un grand promontoire, compliqué, rattaché à l'Asie qui est au contraire la terre où le soleil se lève. Ou alors que l'Europe est magnifique, fertile, riche de langues, de fleuves, de routes, de villes, de montagnes, et que c'est toujours ici que sont arrivés les peuples lointains, à pied ou à cheval, donc ils ont été bien obligés de s'arrêter et de rester, parce qu'au-delà, il n'y avait que l'océan et que cet océan était trop grand pour eux.

La grandeur des Bénédictins, c'est d'avoir compris la dimension plurielle de notre monde. La grandeur d'Étienne, tout particulièrement. Étienne Harding, l'un des trois fondateurs de Cîteaux, un Anglais extrêmement cultivé, se rendit compte que le christianisme occidental n'avait pu croître qu'à travers l'acceptation des différences, qu'elles fussent culturelles, politiques, juridiques ou linguistiques. Étienne consacra dix années de sa propre vie à étudier les classiques et vingt-cinq autres à approfondir sa connaissance du monde de son temps. Ce fut grâce à ces études qu'après Cîteaux naquirent Pontigny, La Ferté, Morimond et Clairvaux puis, tout de suite après, un réseau impressionnant d'abbayes économiquement autonomes, mais étroitement liées entre elles par un système de communication. Un système qui changea l'Europe et en civilisa les espaces les plus sauvages.

Viboldone et la vieille moniale qui filait la laine de l'autre côté d'une porte entrouverte me reviennent en mémoire. Ici, à Cîteaux, sa pelote blanche prend tout à coup un sens important, s'érige en symbole, paraît se diffuser, se multiplier, couvrir de sa toile d'araignée l'Europe entière. Le fil de laine est la parfaite représentation du réseau bénédictin qui a ensuite bifurqué vers le monde cistercien. Un grand nombre de ces fils se sont perdus, c'est certain, mais c'est au tissage patient, obstiné des moniales et des moines que le continent doit d'avoir été soudé et défendu, bien plus et mieux que par une centaine d'armées et un million de tranchées. Saint François lui-même n'a pas été capable de laisser une telle empreinte.

Le soleil se couche derrière la Côte de Nuits, le ciel vire à l'orange, puis au violet, et c'est juste au moment de ce changement de couleur que survient quelque chose de tout à fait inattendu. Et même d'inouï. Le son, étouffé, d'un piano se fraye un chemin parmi les murs du monastère. Des improvisations de musique classique. Le silence violé ! Je sors de ma chambre, je cherche à comprendre d'où me parvient le son, en vain. Je réveille Irene, je descends avec elle au rez-de-chaussée. La musique paraît plus proche, on dirait qu'elle provient des fondations du monastère. Puis j'entends des pas légers dans un couloir. C'est Nathalie, une habituée des lieux, qui comprend d'emblée et avec un signe de connivence nous murmure : « Venez. Je vous emmène auprès de Frédéric. » Elle a sur elle les clefs du sous-sol, elle en ouvre la porte et nous guide le long d'un étroit couloir, dont la voûte est en briques, jusqu'aux fondations de l'église. Le son est de plus en plus proche et bientôt, derrière une dernière porte, voici une image qu'on dirait sortie d'un roman : un moine âgé, encapuchonné, qui ne s'est pas encore aperçu de notre arrivée et qui voyage tout heureux, les doigts posés sur le clavier d'un vieux piano légèrement désaccordé, au milieu d'un incroyable désordre. Des partitions de Bach, des chocolats, une géode en quartz, deux vaches en peluche, une sainte vierge avec son petit Jésus.

Quelle merveille. Une douce rébellion contre la règle. Je me dis que si une telle chose est tolérée par l'abbé, c'est que les habitants du lieu sacré ont conscience du fait que la musique est le fruit du silence, qu'elle le valorise ou l'exalte. Je repense à Nokter, le supermoine qui joue avec Deep Purple. À Urban, au clavier de son orgue, épanoui au milieu des bouteilles de vin de l'Adige. Peut-être le monde des abbayes a-t-il besoin de ces moines « irréguliers » et fascinants : à Cîteaux, tout le monde sait que Frédéric, né en 1933, ingénieur diplômé d'astrophysique, ayant derrière lui la guerre d'Algérie et un formidable instinct pour la musique et les traits d'esprit, est un de ces hommes qui offrent au silence une porte de sortie capable de former un pont avec les voix du monde. Si bien qu'on le laisse sagement faire, pourvu qu'il n'exagère pas. Frédéric a la faveur de tout le monde, ce qui est une calamité pour l'abbaye. « Il a des tas de fans qui lui envoient des mails », nous confie Nathalie à voix basse, pour ne pas interrompre le concert de cet homme qu'elle adore, c'est évident.

« Vous devriez l'entendre quand il improvise à l'orgue, susurre-t-elle. À ces moments-là, c'est le ciel qui descend sur Terre. »

Maintenant, le pianiste s'est aperçu de notre présence, il se tourne lentement, baisse sa capuche, découvrant un visage maigre et rugueux, plein d'ironie, sous une chevelure blanche et rebelle. Il a un sourire éclatant, malgré son regard voilé par un problème visuel momentané.

« Que veux-tu, mon frère, dit-il en faisant allusion à lui-même, le monastère, c'est comme l'arche de Noé. Il y a de tout. Des gens gais et des gens graves, bien portants et malades, fous et raisonnables. Pense donc, nous en avions un ici qui construisait de gigantesques Barbapapa… »

Nathalie s'esclaffe. « Il est comme ça, Frédéric. S'il ne plaisante pas, on peut être sûr qu'il va pleuvoir.

— À l'origine, mon prénom, c'est Jean-Marie, né à Verdun, et mon nom de famille, c'est Petithomme. » Et d'entonner une vieille chanson française qui va m'ôter le sommeil : "Mon père m'a donné un mari / mon Dieu quel homme / quel petit homme / je l'ai perdu dans mon grand lit / mon Dieu quel homme / qu'il est petit."

« Petit garçon, je voulais être explorateur, voyager dans le monde entier. Je voudrais encore aller m'asseoir sur les anneaux de Saturne et devenir l'allumeur du ciel, celui du *Petit Prince*, mais le bon Dieu m'a dit : reste ici. Alors j'ai planté mes racines au monastère. » Puis, comme pour souligner le concept, il se penche sur son clavier encore une fois pour une nouvelle improvisation dans le style de Debussy.

« En 1958, on m'a envoyé en Algérie pour mon service militaire. C'était la guerre. Vingt-sept mois et vingt-sept jours. À mon retour, j'ai décidé de devenir prisonnier du Christ. Je suis entré ici et j'ai fait mon noviciat. Il n'y avait pas tant de différence que ça entre la caserne et le monastère. Le même genre de discipline. »

Nathalie intervient : « Il aime plaisanter... Il parle souvent tout seul... Il cherche toujours quelqu'un pour jouer aux échecs avec lui. »

Je demande à Frédéric la différence entre les Cisterciens et les Bénédictins et il ricane, fulgurant : « Ce qui nous distingue, c'est que nous avons la même règle. »

Il ferme le piano et remonte avec nous jusqu'au distributeur de café au rez-de-chaussée. Il est dix heures. Pour ne déranger personne, nous parlons dans un murmure ou par gestes. L'idée me vient que l'alphabet des sourds-muets aurait pu naître ainsi, dans les abbayes, pour suppléer à l'impossibilité de communiquer pendant les heures de couvre-feu.

Je lui demande si le vacarme de la modernité n'est pas en train d'envahir même cet îlot de paix.

« Mais non ! On s'est toujours lamenté sur la décadence du temps. *O tempora o mores*... Monde foutu, jeunesse pourrie... Tout était déjà écrit dans les pyramides. Je pense que les jeunes d'aujourd'hui sont capables de vivre ensemble. »

Nathalie : « Mais la vie monacale remet en question notre société avec sa technologie poussée à l'extrême doublée d'une pauvreté spirituelle alarmante. Je me demande si demain, nous ne serons pas tous des golems… »

Nous nous asseyons autour d'une petite table désormais déserte, pour évoquer les vins et les fromages de la Bourgogne. Frédéric nous taquine : « Dites donc, ça vole bas, ce soir. D'un autre côté, on ne peut pas être toujours dans les hauteurs. »

« Pauvre Martin / pauvre misère / creuse la terre / creuse le temps. » Nous chantonnons du Georges Brassens. Personne n'a mieux raconté que lui la solidarité envers les déshérités. *Chanson pour l'Auvergnat. Pauvre Martin.* Joyeux et imprévisible, Frédéric fait contrepoids avec une merveilleuse gentillesse au sérieux pénitentiel des moines français.

Je le questionne sur son rapport avec Dieu.

Il me foudroie encore une fois : « Si le Christ n'est pas vraiment ressuscité, cela veut dire que je fais le guignol depuis cinquante ans. » Il utilise le mot « guignol », cher à Brassens.

Il m'apprend une petite chanson enfantine consacrée à un autre petit homme, « le petit Grégoire », un garçon bon comme le bon pain, mais trop petit, même pour saint Pierre qui le repousse à la porte du paradis. Mais alors, voilà que Jésus intervient et l'appelle auprès de lui pour le serrer dans ses bras après avoir entrouvert son manteau rose.

Dehors, les grillons ont rompu le silence. Nathalie : « Le silence de Cîteaux est profond, mais j'en ai entendu d'encore plus profonds. Celui du monastère de la Pierre-qui-Vire, dans le massif du Morvan, est un silence minéral, absolu. Il me semble qu'un silence pareil ne peut exister qu'au Tibet. Allez-y, allez voir cet endroit. C'est impressionnant. »

Frédéric : « À La Pierre-qui-Vire, je connais le père Guillaume. Un type bien. Écoutez donc sa définition des derniers papes de la Sainte Église romaine : Jean-Paul II, un pape qu'on regarde. Benoît XVI, un pape qu'on écoute. François, un pape qu'on touche. »

Lentement, un peu à tâtons, le petit homme s'en va dormir. Nathalie peut enfin s'exprimer en toute liberté : « Il a une personnalité rare et complexe. Il me surprend toujours, en dépit de son apparente fragilité. Un moine atypique. Venu d'ailleurs. Einstein l'a clairement dit : "être un génie, cela signifie penser à côté". Et vous n'avez pas idée de toute la liberté qu'il est capable d'insuffler aux autres. Mais maintenant, il est temps de vous souhaiter une bonne nuit, amis italiens. C'est la Providence qui vous a poussés par ici. » Nous retournons dans notre chambre. Sur les hauteurs de la Côte-d'Or, il ne reste plus qu'une bordure de lumière dorée. Le moine pianiste nous a mis de bonne humeur avec son esprit un peu scout.

« Le chat l'a pris pour une souris / mon Dieu, quel homme, quel petit homme / le chat l'a pris pour une souris / mon Dieu, quel homme, qu'il est petit. » Je ne peux pas me sortir la chanson de la tête. Je reviens par la pensée à mes petits-fils et à mon Europe d'hier, d'aujourd'hui et de demain. Je pourrais leur expliquer tant de choses sérieuses et importantes. Mais Frédéric me fait comprendre qu'il vaut mieux y aller avec légèreté, comme il le fait au piano. Par exemple, enlever mes deux petits, les emmener se promener sur un tapis volant, un tapis magique, et leur raconter ce qu'on peut voir en dessous. Fleuves, plaines, montagnes, lumières de la ville. Leur dire : vous voyez, grand-papa a connu tout ça. Il a randonné sur les hauts plateaux de l'Espagne sous le vol des vautours, en Russie, il a dormi à bord des longs trains fonçant entre des lacs gelés et en Grèce, il a navigué à la voile sur la même mer qu'Ulysse.

Un matin, en Suisse, depuis une cime couverte de neige, grand-papa a vu l'éclat bleu de la mer, et sur les côtes anglaises, il a nagé avec les phoques. Un jour, en France, il est entré avec une petite lampe torche dans une caverne habitée par l'homme préhistorique. Au Portugal, il a vu l'océan illimité depuis une montagne couverte de vignes, et une nuit, en Italie, il a assisté au spectacle que donnait la pleine lune, illuminant une mer d'oliviers argentés. Je dois dire que l'Europe est belle. Je dois le répéter. Elle n'est vraiment pas banale. Quand on la survole, on comprend tout de suite où commence notre monde, parce que c'est la fin du jaune des déserts et le commencement du vert des champs. Et la nuit, on voit les lumières de tant de villes pacifiques, emplies d'histoire et de monuments.

Je me pelotonne sous la rugueuse couverture cistercienne. Je dois repartir depuis la forme la plus ancienne et la plus efficace du récit : la fable. Qui est en réalité l'embryon du mythe, la légende du Grand Commencement que l'Occident a oublié. Pour construire le patriotisme des peuples unis, il faut commencer par les petits enfants, les citoyens de demain. Cela fait des années que je n'entends plus parler de l'Europe avec affection. À croire que nous l'avons reléguée au royaume des bâillements et des récriminations. Alors, oui, il vaut mieux voyager par l'esprit, évoquer les lieux, magnifiques ou terribles, peu importe. Imaginer qu'on les traverse en train, l'hiver peut-être, parce que les petits adorent la neige et que moi, grâce à l'excuse du froid, je pourrais les serrer plus fort contre moi, les avoir enfin tout près, mes doux petits hommes. Au fond, raconter, c'est mon métier. De grand-père et de voyageur.

Voilà, dirais-je : nous sommes à Paris, la locomotive sort d'une gare avec un toit en fer et s'en va vers le sud-est, à travers des forêts et des plaines. Dehors, par la fenêtre, on voit la neige tourbillonner. Des ponts, des fleuves et des villes anciennes hérissées de flèches d'église. Des clochers, des sentiers pavés, des tramways arrêtés dans la tourmente, des fontaines où pointent des pinacles blancs. Je dirais : regardez donc comme elle est belle, notre Europe.

La nuit descend, le train martèle les rails. Dormez tranquille, mes enfants, votre grand-père veille sur vous. On franchit un grand fleuve appelé le Rhin, avec les péniches qui vont et viennent. Le centre de notre monde se rapproche. On pourrait croire qu'il est caché entre les forêts de la Silésie et les monts Tatra, à deux pas d'un endroit qui s'appelle Auschwitz. Là aussi, des trains arrivaient, dans le temps, et ils étaient pleins de condamnés. Des millions de malheureux qui dans de tels endroits ont été affamés, tués et réduits en cendres. Les trains ont fait l'Europe, mais ils l'ont aussi détruite. Ils ont emporté vers la mort des millions de soldats et de civils. Même des petits enfants. Il ne faut pas l'oublier.

Et voilà, mes petits, nous avons passé notre première nuit dans le train qui roule. Nous prenons le petit déjeuner : thé et biscuits. Les passagers ne sont plus les mêmes et le chef de train a un grand chapeau couvert de galons dorés. Nous longeons un fleuve vert clair qui dégage de la vapeur à cause du gel, puis nous pénétrons dans un pays de hautes montagnes. Sous une aube grise commence la traversée de vallées solitaires, où la locomotive peine dans les montées, tandis que le vent siffle entre les wagons. Puis on descend dans une vaste plaine, blanche et gelée. C'est la Hongrie. Deux passagers sympathiques nous offrent des saucisses et du vin noir comme de la poix, puis se mettent à chanter dans une langue étrange. Et pendant ce temps, une lune énorme sort des étendues de neige.

Maintenant, nous voilà arrêtés pour le contrôle à la frontière. J'explique que la police est montée dans le train non pas pour arrêter des brigands, mais pour empêcher les pauvres de passer. Ceux qui cherchent à échapper à la guerre. Ceux qui ont froid et n'ont plus de maison. On les maltraite, on les met en prison. On ne veut pas les laisser pénétrer dans l'Europe des riches. Mais Jésus nous a enseigné qu'il faut protéger les faibles : les vieux, les malades, les pauvres, les petits enfants. Apprenez ceci : là où l'on protège les pauvres se trouve la démocratie. La démocratie est née en Europe, mais bien des gens l'ont oublié. La démocratie, ça veut dire que tu ne peux pas faire ce que tu veux simplement parce que tu es plus gros et plus riche. Ça veut dire que la police ne peut pas te malmener. Et que tout le monde peut étudier et être soigné.

Vieux châteaux, clairières éclairées par la lune, montagnes boisées. Mais le soleil monte dans le ciel tandis qu'on descend vers une nouvelle plaine où court comme un serpent le plus grand fleuve d'Europe. Son nom est le Danube, vous entendez comme il sonne bien. Le train fait retentir un pont de fer au-dessus de l'eau gelée qui fume, puis il gravit les dernières montagnes, au milieu de murailles de neige. Le vent souffle fort. Dans le wagon, une grosse dame en uniforme sert du thé bouillant et des biscuits. Pendant ce temps, on descend encore pour la dernière fois, jusqu'aux limites de la Turquie, et la police turque – sachez-le – ne sourit jamais. Surtout à l'heure actuelle. Là aussi, il y a un vilain mur, construit pour arrêter les sans-papiers.

Nous y sommes presque, mes petits bonshommes. Il est midi, le voyage a été long. Le train suit un virage, entre la mer et une colline envahie de mosquées. Il y a aussi une énorme forteresse, où régnait le grand sultan d'Orient. La mer, grise, passe par un mince détroit, blanc de neige, on dirait un fleuve. Nous sommes à Istanbul, la dernière grande ville. Nous nous arrêtons dans un grincement. Tout le monde descend, la ville est pleine de gens qui marchent, enfermés dans leurs manteaux. Maintenant, nous sommes dans un bel hôtel et nous mangeons une soupe chaude comme vous l'aimez. Il ne neige plus. Il y a un coucher de soleil rouge, une odeur de poisson fumé dans l'air. Nous sommes au bout de l'Europe. Regardez bien, les petits, ce qui luit de l'autre côté du détroit, c'est l'Asie. Une terre sans limites, où les trains voyagent pendant des jours et des jours. Mais maintenant, tâchez de faire dodo.

Bonne nuit. Les étoiles sont de sortie, le lampion du ciel a déjà fait son tour. Peut-être ces abbayes sont-elles aussi une constellation qui brille dans l'obscurité de l'Europe.

Merci, Frédéric. Au sous-sol, le piano se tait. Le silence est parfait.

8
Le démon de midi

Saint-Wandrille, France

Les moines de Saint-Wandrille préfèrent l'obscurité. C'est là qu'ils habitent, comme les chauves-souris. Pour les voir, il faut laisser son œil s'accoutumer aux ténèbres. À l'heure des complies, l'ultime prière du soir, on met un certain temps à distinguer les robes noires qui entrent à l'église, toutes lumières éteintes, pour aller se ranger des deux côtés de l'autel. Elles n'émettent pas un piétinement humain : elles flottent en silence, suspendues, comme des icônes byzantines. L'abbatiale est une vaste et simple grange en bois de chêne. Elle sent l'herbe et la résine et fait naviguer les fidèles comme s'ils se trouvaient dans un galion renversé, avec sur les flancs de petites fenêtres à l'endroit même des bouches à feu. Privés de l'édifice ancien en pierre, démantelé à la Révolution, les moines ont trouvé cette vieille grange de l'autre côté de la Seine, ils l'ont achetée, démontée, numérotant les briques et les poutres, une à une, et ils l'ont transférée ici. Un bel acte de renaissance, qui a cimenté le troupeau selon la devise de l'*ora et labora*.

Bruissement de robes de bure. Les hommes en noir, dans l'obscurité, achèvent de s'aligner de part et d'autre de l'autel. Les visiteurs ont le souffle coupé. En l'absence de lumière, impossible de lire le missel et donc de suivre les moines dans leur chant. Pas un seul cierge n'est allumé, rien. Les lutrins eux-mêmes ne sont pas éclairés. Les moines chantent par cœur. Dans le noir, une seule chose brille comme une étoile polaire : la croix.

> « *Misereatur nostri omnipotens Deus / et dimissis peccatis nostris / perducat nos at vitam aeternam...* [1] »

Trois notes seulement, dont une dominante. Gloire de l'unisson masculine, force du latin. Deux antidotes contre la diffusion anonyme des tweets scélérats. Dehors, une ultime lueur verte, d'une grande pureté, s'éteint. Notre arche vogue vers la nuit et le silence, blottie dans un petit trou de verdure idyllique, à deux pas de la Seine. La mer est à quelques kilomètres. Les gamins du catéchisme ont fini de virevolter comme des hirondelles sur les prés

1. « Que Dieu tout-puissant ait pitié de nous, et nous pardonne nos péchés, qu'il nous conduise à la vie éternelle. »

du soir. La pieuse Odile me chuchote : « Je suis tombée amoureuse. »

Je réponds : « De qui donc ?

— De cette abbaye et de ces moines. »

J'attends mon entrevue avec l'abbé, Jean-Charles Nault, dont plusieurs amis de Bose m'ont dit le plus grand bien. Il a écrit un livre contre les risques d'un excès de lumière. Ce sont les démons de midi, déjà redoutés par nos ancêtres. L'apogée du soleil favorise la paresse, l'acédie, un mal qui se répand dans le monde contemporain, mais qui étrangement a été retiré de la liste des sept péchés capitaux. De nos jours, on a perdu la mémoire et, dans le sillage de Sartre, on ne parle plus que de l'ennui, qui est tout autre chose : une dépression tout ce qu'il y a de plus normale.

La paresse. Je cherche dans mon dictionnaire : perte du sens de la vie, renoncement à l'activité, négligence, ennui, je-m'en-foutisme. C'est quelque chose qui vous fait renoncer à votre mission et vous repousse vers l'éphémère. Et c'est quand le soleil est au zénith que la Bête vous lance son coup de patte. Il paraît qu'à cette heure-là, elle circule même dans les monastères. Et il est donc curieux que l'abbé nous ait donné rendez-vous justement à l'heure de midi le lendemain, qui comme par hasard est le 21 juin, jour du solstice d'été, moment de luminosité annuelle maximale dans le ciel. La convocation me fait l'effet d'un piège pour nous mettre à l'épreuve.

Dîner silencieux dans une petite maison d'hôtes de l'autre côté du torrent. Courgettes farcies à la viande. Face à moi, une splendide jeune moniale, née à la Martinique. Je sors sous les étoiles avec Irene, sur les petits chemins de gravier qui coupent le gazon du monastère. Les suggestions se bousculent ici. La chapelle avec ses cierges toujours allumés, la petite maison où s'est réfugié l'abbé Pierre, les vestiges de l'église gothique démantelée par les révolutionnaires. Se découpant contre le ciel, les silhouettes d'arcades noires suspendues vous coupent le souffle. Il n'y a plus de toit, comme dans l'église de San Benedetto à Norcia, éventrée par le tremblement de terre. Et comme à Norcia, aussi, les moignons qui restent contiennent déjà en eux le signe de la renaissance. Au cours des quatorze siècles écoulés depuis sa fondation, Saint-Wandrille a tout supporté, depuis les invasions des Vikings jusqu'aux bombardements alliés en 1944, mais elle est toujours repartie, avec un élan nouveau.

La lune sort de derrière la colline, saluée par un chœur tonitruant de grillons. De l'autre côté de la route, le clocher de la petite église romane de Saint-Michel est couronné par un tronc de pyramide qui ressemble au chapeau de Gandalf dans *Le Seigneur des anneaux*. Elle est ouverte et vide. Je remarque sa parfaite acoustique et je cède au désir de combler son silence. L'architecture romane est idéale pour les solistes, de même que la grandeur du gothique est mieux faite pour les chœurs. « *Non nobis Domine, non nobis, sed nomini tuo da gloriam*[1]. » Psaume 113, la voix s'adapte sans effort à la concavité de la nef, elle part dans une tonalité de baryton, puis elle décolle du *tuo* au *da gloriam* avec une énergie qui claque comme un étendard au vent. Cela fait du bien de chanter, même tout seul dans une église vide.

Voici donc Jean-Charles Nault devant nous, le lendemain, à l'heure de midi, un midi de lumière. Élu abbé à 38 ans, c'est l'un des plus jeunes guides des monastères européens. Maigre, débordant d'énergie. Un guerrier de la foi. « Quand j'ai été élu, je n'étais pas particulièrement content. Mais il s'est passé une chose : mon prédécesseur est mort le même jour et j'ai découvert qu'il avait la même devise que celle qui m'était venue en tête : *Sicut qui ministrat*, comme celui qui sert. Alors, je me suis dit : voilà, tu es à ta place. Et j'ai décidé d'être un abbé heureux. » Nous en sommes déjà au noyau fort de la règle : la convocation des frères et l'élection collégiale de l'abbé. Une démocratie qui fonctionne. « C'est d'une actualité complète, cela séduit encore les politiciens et les capitaines d'entreprise. »

1. « Qu'on ne nous glorifie pas nous, Seigneur, mais qu'on glorifie ton nom. »

Qui sait. Si l'Union européenne imitait un peu le saint qu'elle a choisi de prendre pour patron, peut-être les choses iraient-elles mieux. Dans chaque monastère, la règle impose à l'abbé d'écouter tout le monde avant de prendre la moindre décision. Un régime parlementaire parfait, placé sous le signe de l'anti-centralisme. Peu de gens savent que les Bénédictins voulaient déjà un premier parlement supranational européen en 1115, un siècle avant la Magna Carta Libertatum du roi Jean sans Terre. Sur une idée d'Étienne Harding, l'Anglais lié à l'abbaye de Cîteaux, est né un Parliamentum chargé de représenter la *summa podestas*[1] de l'ordre et de légiférer *juxta et praeter statuta*[2], au point de modifier, condenser et simplifier les lois préexistantes, de façon à ce que « nul ne puisse plus invoquer l'excuse de l'ignorance ».

J'ai l'impression de les voir, sur la carte de l'Europe, les moines voyageant à pied vers leur assemblée générale.

Saint-Wandrille est un terrain de bataille, de rudes affrontements. Dans la boutique du monastère, à côté des bonnes bières de l'abbaye et des essences divines, j'ai trouvé des livres tels que *Quatre-vingt-dix questions à un exorciste*, *J'ai rencontré Satan*, *Le Retour des barbares*, *Les Tactiques*

1. Le plus haut pouvoir.
2. Conformément aux statuts constitutionnels de l'ordre.

du diable, et j'y ai lu le risque de s'absoudre soi-même en croyant que le Mal ne vient que du dehors et en se dispensant de l'acte de contrition. C'est un risque terrible, parce que la France, ce n'est pas seulement le Bataclan. C'est aussi le grand néant qui, comme en Italie, avance par le biais d'Internet. C'est la rancœur qui se substitue à la responsabilité. Mais l'excellent Nault paraît parfaitement conscient de tout cela. De même que Notker Wolf, il croit à la centralité de l'écoute. Il plaisante : « Un système comme le nôtre a besoin d'être rodé. C'est comme la mayonnaise. Au début, on peine, et ensuite ça devient délicieux. »

Ici aussi, nous sommes assaillis par des escadrilles d'hirondelles. L'heure de la sexte n'est pas pour leur faire peur. Elles multiplient les trilles tandis que nous égrenons le rosaire des saints préceptes. Respecter tout le monde, parce que la diversité est une richesse. Faire preuve d'un zèle de bon aloi, afin de ne pas se tromper dans son travail. Prendre soin des brebis égarées. Ne rien mettre avant le Christ. Écouter jusqu'à la fin de l'assemblée, parce qu'il arrive parfois que le bon conseil vienne du plus jeune ou du moins expérimenté. Jean-Charles : « Nous sommes les seuls en France à fabriquer de la bière. C'est ainsi qu'est née l'idée de cultiver l'orge et le houblon, il y a quelque temps, lors d'une assemblée. À présent la Saint-Wandrille, "brassée par les moines", se vend dans quarante monastères. Et elle attire ici des gens qui autrement n'y viendraient jamais. Ce sont les banlieues qui viennent jusqu'à nous, sans attendre que nous allions vers elles. Un cadeau de Dieu. » Incroyable : la bière au service du sacré. Je me demande ce que ça doit être en Belgique, dont les abbayes projettent leur mousse aux quatre coins du monde.

Nault évoque les mosaïques de Saint-Apollinaire à Ravenne et en particulier l'image de l'évêque qui fait paître son troupeau et porte sur ses épaules la brebis égarée. Je lui demande s'il se sent une âme de pasteur. Sa réponse est mémorable : « Mais non, il est là-haut, le pasteur, dit-il en désignant un lieu bien au-delà du plafond. Moi, je ne suis que son chien. Le chien de berger qui travaille inlassablement, qui ne tient pas en place, qui court partout, afin de maintenir l'unité sans avoir besoin d'enclos ni de barbelés pour défendre ses bêtes, sans isoler le troupeau du reste du monde. Un abbé est ce qu'on peut imaginer de plus étranger au pouvoir. L'abbé, c'est le service dans la joie. » Et le démon de midi ? Il sourit, avec dans l'œil l'éclair de l'exorciste. « Ma foi, ce qui est certain, c'est que les moments les plus favorables à la prière sont l'aube et le crépuscule. » Mais j'ai comme l'impression qu'il ne me dit pas tout. Dehors, la lumière resplendit comme jamais. Une odeur marine flotte sur le vent soufflant de la Manche.

Je vais au village. En France aussi, la presse parle des migrants. C'est l'obsession des invasions barbares. Quelle plaie ! Si nous étions envahis pour de bon, comme au temps où les Huns et les Vandales passaient par vagues, mettant les villages à feu et à sang, nous serions incapables de résister. En revanche, la foi de ces moines a christianisé les hordes indomptables par la seule force du Verbe. Nous, qui ne montrons les dents qu'aux naufragés et aux miséreux, en serions-nous capables ? Je crains que non, parce que nous ne saurions plus brandir comme un bouclier des paroles faites pour convaincre. Voilà tout ce qui m'apparaît clairement depuis l'épiphanie de Praglia. Le matérialisme nous habite de manière si complète qu'il suffirait d'un Lombard ou d'un Hongrois armé d'une épée pour nous faire fuir à toutes jambes. Nous n'avons pas un dixième de l'énergie des premiers chrétiens.

Depuis le début du voyage, je recueille dans un cahier un petit abécédaire antiraciste. C'est un devoir qui m'ôte le sommeil. Trouver les métaphores, les symboles et la grammaire me permettant de répondre à cette bête féroce. Je sais bien qu'on ne peut pas traiter de façon courtoise avec la haine et que la riposte doit trancher aussi net qu'un coup de sabre. Le problème, c'est d'y parvenir sans s'abaisser au niveau de violence verbale de son adversaire. Tant de gens se taisent justement pour cette raison, mais c'est une façon de se retirer du combat qui ne mène à rien. Les abjectes palabres par Internet interposé se répandent aussi parce que trop peu de gens osent leur répondre. La première bataille, il faut la livrer contre le pire des silences, celui de la lâcheté.

La classe politique a le devoir de comprendre et de gérer les tempêtes identitaires qu'engendre la société mondialisée. Mais l'*a priori* haineux, c'est une autre affaire, c'est une dégénérescence que manipule la peur. C'est immonde. C'est pour cela qu'il est urgent de trouver un langage contradicteur et un canal narratif émotionnel capable de faire sortir les justes paroles des cercles fermés, des lamentables cafés de nos gauches agonisantes, et d'ouvrir les cœurs des banlieues oubliées. Nous devons répondre à chaud, de manière efficace, aux provocations. Faire taire, faire honte aussi, contre-attaquer le fleuret au vent, ou si besoin est la hache au poing. Au diable le « politiquement correct », il ne sert plus à rien. On ne peut pas répondre aux pulsions viscérales par la raison, tendre l'autre joue ni se lancer dans des considérations raffinées. Il faut avoir une arme toute prête. Un vocabulaire fulgurant.

Comme il souffle, ce vent d'ouest, dans la lumière du solstice. Il arrive des abbayes les plus lointaines et rocailleuses de Bretagne. Des endroits où l'on trouvait « l'épée dans la pierre », par exemple Landévennec, où tonnent les lames de la rade de Brest. Il souffle des ruines magnifiques du monastère de Saint-Mathieu qui contenait, à une certaine époque – disait-on – le crâne de l'évangéliste. Il siffle depuis le Mont-Saint-Michel, l'abbaye bénédictine la plus célèbre du monde après Montecassino et Westminster. Promontoire des âmes où l'on sent mieux qu'ailleurs le destin de ce terminus des peuples que l'on appelle Europe. Ce fut de terres très semblables que vinrent les Irlandais, Patrick, Gall et Colomban, fils des tempêtes. Ils se dirigèrent vers l'est et vers le sud, parce que c'était pour eux la seule direction possible.

Pensées océaniques. Sur une terre pareille, il n'existe pas de moyen terme entre l'hospitalité ou l'autoanéantissement. Mais l'hospitalité, nous répète Jean-Charles, est gérée par des bergers des âmes, sachant regrouper leur troupeau avec pour seul bâton la parole. Cela fait des siècles que ça dure. Je me demande si cela pourrait encore arriver de nos jours, où la parole a été disqualifiée, vidée de sa substance, débitée en pilules.

Et si le modèle bénédictin était devenu soudain inapplicable pour cause d'incompatibilité avec le monde digitalisé ? Je reçois un courrier d'Antonio Salvatti, un ami qui suit pas à pas mes vagabondages : « La parabole du saint aurait-elle été possible, si son monde avait connu, je ne dis pas les réseaux sociaux, mais les informations en temps réel dont nous disposons de nos jours ? Un monde aussi, dans lequel seule la peur du Turc qui avance, avec les longues nuits à la lueur des bougies passées à imaginer des fortifications et des moyens de fuite, aurait été remplacée par la vision en temps réel, mais perçue comme un film, des troupes du sultan avançant sur une carte interactive ? »

En venant ici, à Cîteaux, je suis passé par Chartres. Je voulais revoir la cathédrale, après cinquante ans. Je n'avais jamais oublié cette première et foudroyante image des deux immenses clochers plongés, comme un vaisseau spatial, dans une mer de blé peigné par le vent. Tout était encore visible, alors. La pierre rongée laissait entrevoir la foule de tailleurs de pierre, maîtres maçons, charpentiers, de chars tirés par des bœufs, qui des quatre coins de la campagne avait rempli les routes de France pour apporter toutes les contributions à cet immense acte de foi. Aujourd'hui, on ne voit plus rien. Pauvre Chartres ! Restaurée avec ostentation, comme par un milliardaire chinois ou un cheikh arabe. Nettoyée, la poussière des siècles. Des marbres aussi blancs et lisses que des sanitaires. Des boutiques de glacier, des sonneries de portables, des petits trains sur pneus, bourrés de touristes. Et puis la disparition de la campagne. La toile d'araignée de la métropole est arrivée jusque-là. Le nord de la France est devenu la banlieue de Paris. Dieu du ciel, mais qui donc a désacralisé Chartres ? Est-ce l'islam ou nous-mêmes, avec notre manie de commercialiser le monde ?

Les valeurs fondatrices de cette époque, m'écrit encore Antonio, ne sont pas mortes : « Seulement, il est devenu difficile de les entendre dans ce vacarme. » Mais s'il en est ainsi, alors il faut des hommes capables de réhumaniser la vitesse, de redonner un sens aux paroles, aux syllabes, aux métaphores, au chant. Les écrivains, par-dessus tout, vont devoir faire en sorte que « ce flux constant de nouvelles, d'informations, d'opinions, de paroles ne perde pas en route son fardeau le plus précieux : le sentiment de l'humain ». Un défi de titans. Je suis empli de doutes : je ne sais pas si les valeurs que j'ai pu toucher de ma main pendant ce voyage vont survivre. Ce qui est certain, c'est que le défi est de leur redonner une voix avant qu'il ne soit trop tard, dans ce monde de plastique, frénétique et hyperconnecté. Les artisans de la parole ont une mission importante à mettre en train, une mission urgente.

Je m'en vais tout seul le long des sentiers de l'abbaye. On n'entend que les passereaux. Brecht écrit : « Qu'on ne puisse jamais dire que les temps sont obscurs parce que nous nous sommes tus. » Je ne veux pas, moi, que mes petits-fils me reprochent la même chose et je sais qu'il y a des tas de façons de ne pas se taire face à la haine. On peut répondre par l'anathème, l'ironie, la fermeté sereine, la citation biblique. Mais ici même, à Saint-Wandrille, l'idée m'est venue en tête que la plus efficace des ripostes pour contredire le manifeste raciste pouvait être un pieux souhait : espérons que vous ne deviendrez jamais, vous aussi, un réfugié ou un miséreux. Parce que chez nous tous, existe, obscurément, la peur de se retrouver, un jour, à la merci de la charité d'autrui.

J'essaie de la formuler ainsi : « Je prie pour que ton enfant ne finisse jamais derrière des barbelés et que tu ne doives jamais être considéré comme un misérable. Je prie Dieu pour que ton argent et ton passeport ne soient jamais refusés, comme autant de chiffons de papier, par un agent de police. J'invoque le Seigneur pour que tes petits-enfants ne soient pas obligés de passer l'hiver dans la boue, sous une tente, à 500 mètres des latrines communes, avec les scorpions et les serpents qui se glissent entre les couvertures. Je prie pour que ton foyer ne se réduise pas à un petit tas de bois sec et ton seul contact avec ta famille à un téléphone portable. » Et pour conclure de belle manière : « Je prie pour que tu n'aies jamais à t'entendre adresser les paroles que tu viens, toi, de prononcer. » Un désaccord, camouflé en prière peut désarçonner l'interlocuteur.

Le fait est que beaucoup de gens sont convaincus d'être à l'abri de telles infortunes. Au pire, le naufrage d'autrui les renforce dans leur conviction, dans l'idée d'une séparation bien claire entre « nous » et « les autres », ceux qui sont génétiquement ou culturellement inférieurs. Ces canots pneumatiques qui disparaissent avec des enfants à bord, c'est une chose qui déplaît, bien sûr, mais qui d'un autre côté, emplit de soulagement. Lucrèce le disait déjà dans son *De rerum natura* : il est doux de voir un naufrage depuis la terre ferme, parce qu'on comprend à ce moment précis qu'on est épargné par ce malheur. Mais on comprend aussi qu'aujourd'hui tout sentiment de fraternité chrétienne ou de solidarité de classe a volé en éclats. Antonio, encore lui, m'écrit : « Nous avons été si pressés de nous libérer de ces valeurs – qu'elles soient religieuses ou nées de l'idéologie – qu'il ne nous reste aujourd'hui que la réalité, pure et dure. Que la panse dévore le temps d'un *amen*. »

Je m'en vais me promener sur la Seine, en amont d'un grand pont décrivant une blanche parabole. Le vent fraîchit encore, il vient de Honfleur. Le nom de cette ancienne cité portuaire ressemble à un aérostat, il nous dit qu'ici, l'air n'est pas une plaisanterie. À deux pas, les plages du Débarquement en Normandie. De l'autre côté de l'eau, la Grande-Bretagne est voisine. Je respire l'air de l'Atlantique à pleins poumons, et mes idées s'éclaircissent. À quoi est dû ce divorce entre l'Angleterre et l'Europe, sinon à une embrouille verbale ? « Vous vous sentez plus anglais ou plus européen ? », voilà comment on pourrait résumer la prétendue alternative du référendum. Une démence linguistique. Le signe évident que la Bête nous détache du verbe, qu'elle nous gave d'antagonismes inexistants et nous pousse comme des somnambules au bord du précipice. Elle fonde ses métaphores sur la peur, elle les confectionne avec art à la seule fin de dédouaner les réponses antidémocratiques jaillies dans l'urgence.

Comment répondre à tous ceux qui veulent se séparer de l'Europe ? Il ne reste plus qu'à manifester un flegme britannique. Dire : *Well, my friend*, si j'étais un terroriste djihadiste, je me frotterais les mains et je penserais : plus besoin de bombes, ces braves Européens font tout eux-mêmes. Ils se désolidarisent au lieu de s'unir. Ils ressuscitent des frontières mortes et enterrées. Ils s'acharnent sur la laïcité, les garanties constitutionnelles, l'éducation. Ils invoquent l'état policier. Ils haïssent les victimes de notre propre haine. Ils éloignent ceux qui justement connaissent le mieux leur ennemi juré et qui pourraient les protéger de notre agression. Ce sont des crétins absolus. Grand et miséricordieux Allah, que pourrais-tu demander de plus ?

Je regagne notre chambre d'hôte. C'est presque l'heure du dîner. Au rez-de-chaussée, la cuisinière, sud-américaine, a préparé des crêpes aux épinards. J'en hume le parfum, mais le fantôme de l'énergumène raciste ne me lâche pas. Je lui dis : « Vas-y, hurle donc contre les migrants… Hurler, c'est ton unique liberté… Ils te donneront tous les mégaphones que tu veux et ils te laisseront faire, parce que tes braillements font leur jeu. Ils couvrent leurs responsabilités. Ils épouvantent les étrangers et font baisser le coût de la main-d'œuvre. Les mafias, la grande distribution, la haute finance te remercient de tout cœur. Mais sache bien qu'après les étrangers, ce sera ton tour à toi, celui de nos enfants. On n'a jamais inventé une forme de domination plus parfaite et plus perverse. »

On nous appelle à table, le moine arrive pour bénir le repas. Un bel homme d'une soixantaine d'années, avec une épaisse barbe grise. Il lit quelque chose qui ressemble à un anathème et pourtant sa voix est chargée d'une joie sereine : « Tu ne maltraiteras pas l'étranger, et tu ne l'opprimeras pas non plus, car vous aussi êtes des étrangers en Égypte. Deutéronome, 10.14 et 16.19. »

Je cueille au vol l'inspiration biblique. Elle me convient. J'écris sur la serviette en papier : Garde-toi des escrocs, des voyous, des arrogants, des faux prophètes, des voleurs et des cambrioleurs, garde-toi de ceux qui répandent des histoires et des propos obscènes, des clowns qui débitent des scénarios tragiques. Il faut vraiment être des abrutis pour croire qu'un milliardaire comme Trump ou un ex-communiste comme Poutine peuvent se transformer soudain en défenseurs des déshérités. Seule une colossale ignorance, après deux guerres mondiales, après l'autodestruction de la Yougoslavie et les massacres en Ukraine, peut nous pousser à mettre encore nos espoirs dans les nations. Je prends d'autres notes, dans la salle à manger le silence est tel qu'on n'entend que le crissement de ma plume. Du coin de l'œil, je vois les autres convives qui me regardent avec curiosité et tendresse.

Le parfum des tilleuls a éclaté, les premières étoiles grésillent comme si on les passait à la poêle en direction de Rouen. Il n'y a pas jusqu'au mot « Wandrille » qui ne scintille ce soir, avec son nom qui chante. Peut-être qu'au nord-ouest les soirées ne finissent jamais, peut-être que je suis ivre d'air, mais aujourd'hui les allées et venues de mes pensées m'empêchent de dormir encore plus qu'à l'accoutumée. Tout est de plus en plus clair : mon voyage n'est pas dans l'espace. C'est une navigation intérieure. Mais quel effort que d'être dans le monde, à travailler sur les paroles rétives dans un constant état d'alerte. Que d'inutiles giclées d'adrénaline dans le myocarde. Que d'énergie qui pourrait être dépensée bien plus avantageusement. Qui sait si tout cela est épargné aux moines, enfermés dans leur microcosme. L'espoir qu'il en est en effet ainsi est une des raisons qui rendent irrésistible, même à une personne laïque, la tentation de s'enfuir dans une abbaye.

Au nord-ouest, le phare du Havre fend le ciel à grands coups de sabre. Dieu sait combien de migrants européens ont pu le saluer en appareillant à destination de l'Amérique ? Le Havre, « l'air du large[1] », quel magnifique point de départ. Il fut un temps, paraît-il, où les phares étaient gérés par les abbayes. La Lanterna de Gênes, par exemple, liée aux bénédictins de San Benigno, ou bien le phare de l'île du Tino, dans le golfe de La Spezia, où l'on a érigé une chapelle à la mémoire du moine Venerio, saint patron des gardiens de phare. Ou encore la tour de lumière de Gaeta, que les Allemands firent sauter en 1943, gardée pendant des siècles par les bénédictines du couvent de Santa Caterina. Marins, soldats, pêcheurs, trafiquants, yachtsmen, simples particuliers à bord des cargos ou des bacs, esclaves à bord des galères. On ne compte plus les milliers d'yeux qui, en temps de paix ou en temps de guerre, ont cherché et vu la lampe, alors que celle-ci, aveuglée par sa propre lumière, n'a jamais pu les voir dans les épaisses ténèbres de la mer obscure.

Peut-être le phare lui-même est-il un moine qui a fait vœu de rester sur place. Il incarne de manière prodigieuse le paradigme de la *stabilitas*. Sa lumière nous avertit : « Vous passez, moi je reste. Mon existence à moi n'est pas éphémère. J'ai la mémoire longue. Je suis cloué à la côte, éternellement en service, d'une année sur l'autre, d'une nuit sur l'autre, dans les siècles des siècles, à la disposition d'hommes souvent ignares et ingrats, persuadés que

1. En français dans le texte.

mon concours leur est dû. » Alors qu'en réalité, nous ne prenons garde à lui que lorsqu'il est brièvement éteint pour des raisons techniques. Ce n'est qu'alors que tout le monde s'inquiète et s'aperçoit de la noirceur des nuits en mer. En de tels moments, même sur la terre ferme, on constate que quelque chose s'est rompu dans l'équilibre de la nuit. Mais les phares n'ont pas seulement leur lumière. Ils ont aussi une voix. Celui de Bell Rock, au large de la côte est de l'Écosse, raconte la tempête qui en quelques heures fit couler soixante-dix embarcations. Celui de Fanad Head dans le comté de Donegal, au nord de l'Irlande, vous chante le passage à la voile du moine Brendan en direction de l'Islande et peut-être de l'Amérique, mille ans avant Christophe Colomb. Le pinceau de lumière de Cabo da Roca au Portugal intercepte le saut des âmes dans le néant depuis le dernier bastion de l'Europe.

Et tandis que l'épée lumineuse de Sidon, au Liban, joue avec la pluie de météorites qui s'abat depuis la Bekaa et le mont Hermon, à un millier de milles à l'ouest, le phare du Lampione, au sud de Lampedusa, entend pour la énième fois le dernier cri des naufragés. Peu de gens savent qu'en mourant, ceux-ci hurlent leur nom parce que c'est le seul moyen qu'ils ont de dire qu'ils ont existé. À Tunis, le dernier éclair de lumière salue les désespérés en partance par le nom des « incendiaires », parce que, voilà plusieurs siècles, Tariq ibn Ziyad mit le feu à ses navires après avoir débarqué en Espagne, de peur de manquer à son devoir de conquête. Par les nuits de pleine lune, le temple de Jupiter Anxur à Terracina révèle sa très lointaine origine de phare et s'emplit des spectres des prêtres autour de brasiers et de fagots de bois. Le phare était déjà une construction sacrée pour les peuples de l'Antiquité. Un symbole, comme le pont. C'est un blasphème que de le démolir, de l'éteindre ou de le cacher.

Le phare est à notre disposition, comme le génie d'Aladdin. Il est altruiste. Il représente le dévouement désintéressé envers l'humanité. Lequel est d'autant plus important de nos jours, dans un monde gouverné par des puissants qui amplifient les ressentiments et de plus en plus enfermé dans ses égoïsmes. Je me demande ce qu'il peut y avoir de plus béni que sa façon d'affronter indomptablement l'immensité, de se cramponner aux espaces les plus sombres et les plus extrêmes, au bord des promontoires et des précipices.

9
Hirondelles et alambics

Orval, Belgique

On ne la voit qu'au dernier moment, l'abbaye d'Orval, isolée au plus profond de la forêt des Ardennes. C'est une citadelle fortifiée, d'où jaillissent des toits en tuiles de bois argentées et des cheminées laissant échapper une fumée blanche, parfumée à la bière. Un monde clos, où bourdonne, comme dans une ruche, la vie active des trappistes, connus comme moines cisterciens de stricte obédience. Des superbénédictins à la puissance deux, si l'on veut.

C'est presque l'heure du dîner et nous avons à peine le temps de poser nos bagages avant que la grosse main du frère hôtelier ne nous pousse énergiquement vers le reste du troupeau. Une cinquantaine de personnes – une foule par rapport aux monastères que nous avons visités jusqu'à présent – se sont déjà rassemblées dans une salle où se trouvent quatre longues tables dressées pour le repas et attendent l'ordre de s'asseoir tandis qu'un haut-parleur diffuse une musique anglaise de la Renaissance. Des pèlerins belges, français, allemands. Des visages d'autrefois, sortis des « noces paysannes » de Pieter Bruegel. Devant chaque assiette, une bouteille d'un tiers de litre de la bière ambrée bien fraîche que fabriquent les moines et la robuste chope caractéristique posée avec un soin digne de l'eucharistie. Dès la fin du bénédicité, après avoir demandé à chacun son assentiment d'un rapide coup d'œil, le préposé au service fait sauter la capsule, libérant une succession sonore de petits souffles qui marquent le début liturgique du dîner.

Le menu fixe, frugal, à la sauce rigoureusement trappiste, se consomme en silence dans un discret cliquetis de vaisselle. Le réfectoire d'Orval fait penser à une caserne. Le repas devrait être la quintessence même de la joie, au lieu de quoi les convives sont tous d'un sérieux épouvantable. Je m'efforce de sourire, mais je m'aperçois que je me fais remarquer. Les gens assis en face de moi me dévisagent avec sévérité. Je me sens un peu en porte-à-faux, la règle bénédictine devant imposer l'allégresse et une diligence empressée. Mais le public ne comprend pas. Notre monde empli de vacarme ne parvient pas à conjuguer silence et joie. Ah, quelle différence avec les conversations bavardes des réfectoires bénédictins de Bavière ! Je suis confronté au paradoxe d'une étrange *Oktoberfest*, interprétée dans une clef craintive et taciturne, qui ne se déride un peu qu'en fin de repas, quand on s'affaire à ramasser la vaisselle et les reliefs du dîner. Ici, tout fait brasserie, même les fenêtres aux vitres colorées, représentant les évangélistes, et les murs carrelés. Je me rends compte *a posteriori* seulement que c'est justement dans ce rituel que se cache l'hospitalité bénédictine. Sans l'aide de la moindre parole, on vous fait comprendre que tout arrivant est mis devant un pacte : moi, je t'accueille, mais toi, tu acceptes mes règles. Je ne te demande même pas si tu es croyant. Que l'exemple de la communauté te suffise, *amen*.

À Orval, la machine de l'hospitalité est implacable, c'est presque une chaîne de montage. Le frère Bernard-Joseph, dans son bureau à l'entrée, ressemble à l'aubergiste type. Le regard vif, le nez de belle taille, le physique sec et des mains de paysan. Une fois le dîner fini, il nous dévisage, nous examine et nous catéchise rapidement. Assieds-toi. Écoute. Répète. Tu as compris ? Bien, tu peux t'en aller. Il traite sans ménagements un retardataire. « Tu as tes draps ? » Non. « Ton linge de toilette ? » Non. « Ce n'est pas brillant. » « Ben, je n'avais pas l'intention de dormir ici, mais je n'ai pas trouvé de chambre au village. » Et Bernard-Joseph d'ouvrir ostensiblement un coffre, de fouiller dedans et de fourrer dans les mains du malheureux un lot de secours. « Chambre 305. » L'autre le regarde, dépaysé : « J'y vais comment ? » « C'est facile, c'est avant la 306 et après la 304. » Puis il conclut, en clignant de l'œil. « Nous les Trappistes, on est toujours les meilleurs. »

Et en route, par de longs couloirs, jusqu'à un immense jardin avec une grande fontaine et des arcades peuplées de petites résidences pour les pèlerins. Les espaces sont si énormes que certains moines se déplacent à vélo, avec leur scapulaire noir volant comme une aile au-dessus de leur robe couleur de lait. Les visiteurs profitent de la soirée en sirotant une dernière bière. Le ciel est d'un parfait bleu de porcelaine et l'église, reconstruite après les destructions de la Grande Guerre, prend une couleur de miel. Comme d'habitude, des centaines d'hirondelles tournoient comme des flèches autour de l'église. En mai et juin, ici, les soirées n'en finissent plus.

Il n'y a pas de bars dans les abbayes, aussi sortons-nous pour une dernière chope. Nous sommes trois. Il y a aussi Giulio Groppi, ex-fonctionnaire de l'Union européenne, fils de ma cité de l'Adriatique installé à Bruxelles, un homme foncièrement aimable, ironique et merveilleusement débraillé, excellent causeur, tenaillé par une soif inextinguible de fermentations abbatiales. Nous trouvons une auberge au premier carrefour, à quelques centaines de mètres, et avec l'aide d'assiettes de frites, nous passons de la bière Rochefort à la Westmalle, puis à la Chimay et à l'Achel Westvleteren. En comptant l'Orval, ces bières font toutes parties de la glorieuse famille bénédictine belge. Le logo hexagonal, noir bordé de blanc, où sont inscrits les mots *Authentic Trappist Product*, certifie deux choses : on observe l'ancienne recette originale et l'argent recueilli est destiné exclusivement à l'entretien de l'abbaye ou à des œuvres caritatives.

Notre ami nous explique que les bières des abbayes sont prises très au sérieux, au point que celles qui sont mises sur le marché perdent leur marque de fabrique. Giulio est très satisfait d'habiter sa patrie adoptive bilingue ; on a plaisir à le voir manger et boire. Il a vécu avec enthousiasme les belles années de Bruxelles, quand l'Europe était un credo, un magnifique élan. Son intense passion fédéraliste a sûrement beaucoup souffert du changement d'atmosphère qu'a créé l'arrivée dans l'Union européenne des pays de l'ex-Pacte de Varsovie, puis du débarquement dans les corridors de l'Union d'une nouvelle génération de diplomates souvent arrogants et incompétents. Sans parler des nouveaux politiciens, dont l'hypocrisie est telle qu'ils votent des mesures désavouées par eux dans leur propre pays. J'ai, quant à moi, vécu une expérience différente, centrifuge, sur l'autre rive du fleuve, en voyageant dans les périphéries.

Lors de ce voyage, tu ne peux pas savoir, ma chère Europe, combien de fois j'ai pu entendre invoquer ton nom en pure perte. Tu as abandonné

Sarajevo assiégée. Tes soldats ont permis le massacre de Srebrenica sans sourciller. Je t'ai vu festoyer avec les dictateurs de la moitié du monde, abandonner à leur sort les rebelles ukrainiens, les intellectuels turcs opprimés par Erdogan, les jeunes Serbes marchant contre le gang nationaliste qui a la mainmise sur leur pays. Et maintenant, je te vois laisser les migrants se noyer et faire de la Méditerranée la plus grande fosse commune de la planète. C'est toi, ma mère, qui as engendré Auschwitz, exterminé des civils, déchaîné des guerres épouvantables. C'est arrivé hier, à peine, mais pour nous autres, gens « civilisés », cela passe déjà pour de l'archéologie, une horreur qui ne se répétera plus. Et voilà la véritable horreur, parce que le souvenir de l'horreur est l'unique antidote capable d'empêcher son retour.

J'explique à Giulio que ma passion pour l'Europe est née de ces déconfitures, de ce désespoir plutôt que de la réalité d'un tableau politique de plus en plus déprimant. Car l'Europe, c'est avant tout un acte de foi. Stefan Zweig, nous rappelle cet immense intellectuel iranien d'Allemagne qui a nom Navid Kermani, a vécu l'enfer du nazisme et il en est mort, mais avec un élan messianique, il a rêvé l'Europe unie comme une terre promise. Cette idée a survécu à son naufrage et elle en est même née. Quand, en 1851, Victor Hugo parla d'une Europe unie devant l'Assemblée nationale française, il fut abondamment conspué, mais l'Europe est née quand même et elle a surmonté la dérision d'une majorité populaire incompétente. Les Adenauer, les Gasperi et les de Gaulle fondèrent l'Union sur le désastre de deux guerres mondiales et les cadavres de cent millions de morts.

Mon cher ami, si Helmut Kohl avait voulu fonder sur les sondages l'adhésion allemande à l'euro, il aurait renoncé. En grand homme d'État, il décida au contraire d'y adhérer, au risque de devenir impopulaire, sur la base d'une simple constatation : son grand-père était mort lors de la Grande Guerre et il était temps à présent de dire : « Ça suffit comme ça ». Il croyait vraiment que la nouvelle monnaie serait un formidable antidote pour prévenir de nouveaux conflits.

En voyageant, j'ai compris : l'Europe, ce sont les gens qui ne l'ont pas qui l'aiment. Jamais je n'ai entendu un homme politique occidental l'évoquer avec la passion d'une vieille bergère ukrainienne, miséreuse, dénommée Ljuba, rencontrée dans les terres du Dniestr. Ou avec l'enthousiasme des habitants de Tbilissi, en Géorgie, un soir au théâtre, pendant l'exécution de la *Neuvième Symphonie* de Beethoven, quand tout le public s'est levé spontanément, comme un seul homme, pour chanter à pleine voix, dans la langue originale, l'*Hymne à la joie*. Impensable à Rome, Berlin ou Bruxelles. À croire que le cœur du continent habitait non pas à l'intérieur, mais à l'extérieur de l'Union. À l'est de la Mitteleuropa elle-même. Sur des terres où la culture allemande s'est mélangée de manière indissoluble à l'hébraïsme et à la slavitude. L'Europe, il faut la chercher à ses frontières. C'est un peu comme le christianisme : pour comprendre véritablement son message, il faut s'éloigner le plus possible de Rome et pousser vers les terres où il est minoritaire, persécuté et privé des tentations du pouvoir.

Mais disons aussi que l'Europe de mon voyage monastique n'a pas grand-chose à voir avec la « bulle bruxelloise ». Au cours de mon pèlerinage, j'ai découvert quelque chose qui est l'antithèse des ministères, des palais de verre, des conférences de presse ou des hôtels bourrés de lobbyistes des multinationales, postés là à la seule fin de bloquer la croissance de l'Union. Dans cette même Bruxelles, il suffit de sortir de l'espace hanté par les eurocrates, de la déshumanisation néoclassique de la grandeur coloniale, des barbelés qui entourent le Palais de Justice, des arcs de triomphe, des barrières, du monde des badges et des postes de contrôle pour découvrir une autre ville. Et voir sortir des banlieues des dizaines de milliers de jeunes manifestant pour le climat, pour notre terre nourricière, pour l'hospitalité entre les peuples. Des jeunes qui se foutent bien de la différence entre Flamands et Wallons et regardent loin au-delà des guerres tribales de leurs pères.

Et même à Bruxelles, l'Europe est naturellement centrifuge. Je raconte à Guido mon zigzag entre les abbayes, j'évoque à son intention l'orgue du père Urban à Muri-Gries, la lumière démente de Marienberg dans les Alpes, le piano en sous-sol de Frédéric à Cîteaux, la fanfare de l'abbaye de Sankt Ottilien en Bavière. Et les merveilles que sont les *marcite* de Lombardie, ces prairies gorgées d'eau, les vignobles français, les forêts alpines, les fermes padanes au parfum de parmesan. Mais surtout, la règle de saint Benoît. La règle en tant que parole clef, signe distinctif de civilisation. C'est grâce aux règles qu'en Europe, même si l'on n'est qu'un monsieur Tout-le-Monde, il est encore possible de dénoncer un abus et même de gagner devant les tribunaux plutôt que de finir aux galères ou d'être supprimé uniquement pour avoir eu une opinion.

Un vent léger s'empare de la forêt. Il fait encore chaud, la bière est fraîche et s'engloutit que c'en est un plaisir. Je jette un regard à la ronde : tout ce qui m'entoure fait partie de l'Europe. Les espaces à l'échelle humaine, le souffle des alambics, les forges anciennes, les canaux, la pente des toits, le réseau des routes et des sentiers, l'âme carolingienne des villages. La fermentation de l'orge qui monte au ciel dans le vent comme une prière. Le périmètre sacré, au-delà duquel on peut imaginer des forêts, des déserts, des montagnes et des champs de céréales sans limites. Le souvenir de la guerre lui-même fait l'Europe, cette guerre qui a frappé durement deux fois en trente ans. L'humanisation du paysage, c'est l'Europe, la démocratie, c'est l'Europe, les flèches gothiques et les cafés viennois, c'est l'Europe. Et il y a aussi la Grèce, Rome, la culture arabe et slave, le monde celtique et germanique derrière notre monde, mais à la racine, il y a par-dessus tout des hommes qui furent chrétiens. L'amalgame de toutes ces diversités est chrétien. Le christianisme des gens simples. Du peuple de Dieu.

Nous rentrons juste à temps pour le couvre-feu et la fermeture des grilles. Une demi-heure après le coucher du soleil les hirondelles s'en vont dormir dans les bras grands ouverts d'un énorme Christ de pierre de la même couleur, que surplombe une demi-lune de papier mâché. Je déguste le silence parmi les ruines de l'ancien cloître. La forêt s'étend à perte de vue en direction de la France, de l'Allemagne, du Luxembourg. Dans les ruines de la vieille abbaye, peuplée jadis de forgerons et de meuniers, une tribu de colombes immaculées roucoule au milieu des lézards et des dragons de pierre des anciennes gouttières. Le soir, à Orval, il est doux de bavarder à voix basse, assis sur un banc, sous les arcades ouvertes sur le grand jardin et l'église.

Nous nous en allons sous les étoiles en direction des ruines magnifiques de l'Orval d'antan. Ce qui fut jadis la salle du chapitre croule sous les nids d'hirondelles pleins à ras bord d'oisillons duveteux qui pépient. Un peu plus loin, sur le piédestal d'une statue de saint Bernard, se détache un texte magnifique : « Jour et nuit Bernard rumine la parole / recherchant le passage du Verbe / comme l'insomniaque recherche l'aurore. » À Sainte-Odile, l'abbé Wolf m'avait averti : « Nous autres, Bénédictins, mâchons la parole jusqu'à ce qu'elle ait libéré toute sa saveur et nous soit entrée dans la chair et les os. » C'est la mystérieuse énergie syllabique du verbe déclamé à voix haute, pressé pour en extraire l'ultime signification, écouté et répété avec un acharnement presque talmudique, qui a engendré tout cela.

« Ah, la bonne parole, murmure le frère Xavier, le jeune et robuste économe du monastère, venu s'asseoir à nos côtés sur un muret pour une causerie d'après-dîner. C'est surtout quand je n'ai rien à donner pour satisfaire une demande matérielle que je suis tenu de dire au moins une bonne parole. Dans notre société, tout est orienté vers le confort matériel. Benoît, c'est tout le contraire, il indique la simplicité et la pauvreté comme étant la dimension idéale de la relation entre les hommes. C'est là sa suprématie. »

Et Xavier dit encore : « Donne-moi une parole, demande le disciple à l'abbé. Et dans cette parole, il y a tout le souffle spirituel, le dynamisme de notre mouvement. Quand je pense au nombre de fois où Orval a été détruite et reconstruite, je suis tout ému. On est impressionné de voir à quel point la semence de Benoît a fructifié et fructifie encore. Lui-même peut-être ne pensait pas que la règle pouvait survivre à l'usure des siècles. Il y a ici un "souffle", un dynamisme stupéfiant. »

Autour de nous se lève un gros vent, comme un signe d'assentiment céleste. Les hirondelles ont cessé de tourner, elles se préparent pour leur nuit sur les bras encore chauds du Christ.

« Les piliers les plus solides de l'édifice de notre ordre, scande le moine, ont été plantés au temps où l'Europe était le plus instable. » Au-delà du mur d'enceinte, la forêt s'agite dans l'obscurité. Le petit bassin aux truites exhale sa vapeur au milieu des ruines gothiques. C'est, dit-on, dans le miroir de cette eau que la comtesse Mathilde de Canossa a perdu un anneau et qu'une truite le lui a rapporté, le tenant entre ses dents. Cette légende est devenue le symbole d'Orval, imprimé jusque sur les étiquettes de la bière. Le poisson et l'anneau.

« Il faut trouver un nouvel équilibre entre prière et travail. Aujourd'hui, le fait d'avoir le travail comme unique horizon peut porter tout le monde à la dépression. Donc il faut se débrouiller pour que la prière apprenne de nouveau à nourrir le travail. Et, en même temps, faire en sorte que la dimension de service et de goût du travail bien fait vienne nourrir la prière. »

À la messe du soir, les oraisons sont dédiées aux plus malheureux.

« Pour les persécutés, prions. »

« Pour les immigrés expulsés, prions. »

« Pour ceux qui ont été contraints d'abandonner leur foyer, prions. »

Orval est le miroir d'un monde migrant. Les moines appartiennent à tant de nations, Liban, Syrie et même Rwanda. Les premiers à découvrir ce lieu ont été les bénédictins de Calabre. J'entends dire : « Chez nous, l'Europe est une appartenance indestructible. » Et aussi : « Nous ne nous demandons pas où sont les racines chrétiennes de l'Europe, mais ce qui dans la règle peut nous être utile aujourd'hui, en ce moment pauvre en miséricorde. Ici, l'arrivée d'un nouveau moine, quel qu'il soit, engendre dans la communauté un changement auquel tout le monde a appris à s'accoutumer. Le charisme monastique a le pouvoir d'amalgamer des gens d'une extrême diversité. »

Avec les migrations, vous disent les Trappistes, la manière de vivre sa condition humaine change rapidement. Et alors les questions qui se posent sont : Qui marche à côté de nous ? Quelle route faut-il prendre ? Cette habitude de s'interroger maintient ensemble la communauté et la forme.

Salve Regina, Mater misericordiae
Vita, dulcedo, et spes nostra, salve
Ad te clamamus, exules filii Hevae
Ad te suspiramus, gementes et flentes… [1]

Dans l'église, le chœur des moines brasseurs entonne un *Salve Regina* cistercien. Non loin de la fontaine, le vent agite un jeune cèdre, planté par un moine libanais. Ce n'est pas seulement pour indiquer les liens unissant cet homme à sa terre d'origine. C'est aussi la direction principale de la foi. Le Christ est né, il a vécu, il est mort en Orient, où naquit aussi une princesse nommée Europe.

1. « Salut, reine, mère de la miséricorde / Vie, douceur, notre espérance, salut. / Enfants d'Ève, nous crions vers toi dans notre exil / Vers toi nous soupirons parmi les cris et les pleurs… »

10
La Wunderkammer

Altötting, Allemagne

La Moselle, le Rhin. Confluent de fleuves et de pays – Belgique, Pays-Bas, France, Allemagne – qui marque l'Europe carolingienne. Les vestiges de l'inutile ligne Maginot, métaphore des barbelés inefficaces élevés contre le flot des migrants, qui nous engloutira immanquablement. Je lis les journaux et je me rends compte que je vis en direct un effritement immanent. Les nations assassinent l'Europe pour la troisième fois en cent ans. La seule différence, c'est que cette fois-ci, elles y parviendront sans se faire la guerre. Aujourd'hui, cela ne sert plus à rien d'envahir un pays. Il suffit que des armées de termites injectent un poison dans le système et les grandes puissances déplacent leurs capitaux. Une escroquerie de plus aux dépens des pauvres. Je voudrais hurler que l'Union est en train de tomber dans un piège tendu par d'autres. Par une coalition allant de Zuckerberg au Kremlin et englobant les ennemis du pape François. Le totalitarisme des monopoles et de l'exploitation à outrance contre le dernier bastion de la démocratie. Contre l'Europe des règles, de la pitié et de l'hospitalité, qui résiste à l'annihilation de l'homme.

Mais revoici les clochers à bulbe, le Danube. C'est le ventre catholique du continent, la vieille Bavière paysanne. La terre de Joseph Ratzinger, cet homme seul que je n'avais jamais cherché à comprendre, jusqu'à présent, parce qu'il sentait trop le séminaire, odeur reconnaissable entre toutes. Je voudrais démêler, cependant, ce qu'il y a derrière l'énigme de sa mélancolie, derrière son choix du nom de Benoît, derrière le fait qu'il n'est devenu pape que pour consommer le « grand refus » et finir moine. Je lis dans un de ses textes : « Nous avons besoin d'hommes tels que le saint de Nursie, qui, à une époque de dissipation et de décadence, réunit les forces à partir desquelles se forma un monde nouveau. Ses recommandations aux moines, placées à la fin de la règle, nous indiquent à nous aussi le chemin menant hors des décombres. » Je ne puis qu'acquiescer et je ne vois aucune contradiction avec l'enseignement du pape Bergoglio. La voie de Benoît peut côtoyer celle de François. La stabilité de l'abbaye épouse le paupérisme itinérant. Les deux étant d'une brûlante actualité.

Il y a un discours de Ratzinger, à la veille de l'élection pontificale, prononcé, et ce n'est pas par hasard, près de la grotte sacrée de Subiaco, où saint

Benoît se réfugia dans la solitude pendant plusieurs mois. L'homme qui va devenir pape fait valoir que l'Europe est le berceau du christianisme, mais aussi de la rationalité scientifique, laquelle nous a offert « de grandes possibilités et de grandes menaces ». Et il observe que la rationalité purement fonctionnelle est en train de faire disparaître la catégorie du bien et se met en contradiction de la façon la plus radicale « non seulement avec le christianisme, mais avec les traditions religieuses et morales de l'humanité ». Il note aussi : croire que « seule la culture illuministe radicale » peut constituer l'identité européenne revient à se fourvoyer. Mais le point clef est le suivant : « La tentative, poussée à l'extrême, de façonner les choses humaines en éliminant complètement Dieu, nous emmène au bord du gouffre, toujours plus près, vers une mise à l'écart totale de l'homme. » Là aussi, il est difficile d'être d'un autre avis. Qu'on l'appelle Dieu, ou bien peur des éléments naturels, ou encore respect de la terre nourricière, ou perception de l'invisible : il reste toujours le fait qu'en voyageant de monastère en monastère, on constate avec une lucidité croissante que la *civitas* est de plus en plus menacée par l'invasion du matérialisme.

Si le village d'Altötting, au nord-est de Munich, est le cœur marial de la Bavière, le cœur d'Altötting est la *Gnadenkapelle*, avec sa madone-poupée au visage noirci par les cierges. Une toute petite église qui fut jadis un temple païen et qui est aujourd'hui une *Wunderkammer* scintillant d'argent, recouverte à l'extérieur par les cadres des ex-voto. Une machine à prières, qui débite des messes en série et accueille des armées de pèlerins qui psalmodient, munis de cierges allumés et des drapeaux blanc et azur de la Bavière. Les ex-voto témoignent d'un sens théâtral quasi napolitain, à l'opposé non seulement du rigorisme luthérien, mais aussi de la sévère simplicité bénédictine : des tracteurs renversés percés par le rayon de la Sainte Vierge, des truies avec leurs porcelets sauvés d'on ne sait quelle épidémie, des chevaux emballés qui désarçonnent des gamins et, partout, des écriteaux MARIA HAT GEHOLFEN, Marie est venue à notre secours.

Le curé de la paroisse, le père Mandel, est particulièrement occupé le soir. Je vois des foules se presser à la porte de la sacristie pour commander des messes payantes, tandis qu'une procession arrive de la cathédrale, précédée par un enfant de chœur portant une grande croix illuminée. À l'intérieur, tous les prie-dieu sont occupés par des fidèles venus se prosterner devant la vierge noire couverte de pierreries et les écrins contenant les cœurs des rois de Bavière. Dehors la foule chante « *Maria, wir rufen zu dir* » et des vendeurs de souvenirs proposent des chapelets, des cierges, de l'encens et des petites poupées. C'est un peu trop pour un originaire de la Mitteleuropa tel que moi. Et quand je vois arriver au pas cadencé une délégation croate, avec un déploiement de drapeaux blanc et rouge, je m'aperçois qu'Altötting me réserve justement ce que jusqu'à présent les monastères de saint Benoît m'avaient épargné : l'aspect extérieur de la foi, la mise en scène de soi-même, les drapeaux et les identités nationales. De nouveaux cantiques s'élèvent, un surcroît de cierges allumés se présente. Des pénitents font le tour de la chapelle avec une croix sur les épaules. Un couple de jeunes mariés éthiopiens, grands, élégants, enlèvent leurs chaussures avant de s'approcher de la Sainte Vierge. Un vieux monsieur, bien vêtu, se donne un coup de peigne afin de se présenter dignement devant la Madone, puis il remet soigneusement son peigne dans sa poche. Les chants montent jusqu'au ciel et me ramènent aux Noëls d'antan.

Quelle tranche de vie bavaroise ! Des femmes en *dirndl*, toute plantureuse poitrine dehors. Des pèlerins à bicyclette ou en culotte de peau. Des capitaines d'industrie et des paysans, portant tous le même costume. Des familles entières qui festoient librement avec leurs sacs de victuailles sur les tables en plein air des tavernes. C'est la démocratie de la bière, la plus ancienne, le brassage social et le paternalisme de la boisson. Mais la saveur de celle-ci n'est pas la même que celle d'Orval. Hier, Hitler gravissait les marches du pouvoir en partant des brasseries et aujourd'hui encore en Bavière les élections se gagnent la chope à la main. La bière bavaroise, pâle mère ouvrière et paysanne, exprime à la puissance dix le paradoxe allemand : elle a évité la révolution, mais elle a produit une guerre mondiale. Les chants, la chorégraphie des processions, les veillées aux flambeaux parlent d'une sensualité sanguine, un peu bohème et un peu latine, que les Allemands du Nord trouvent plutôt indigeste.

« Ici, Dieu lui-même est bavarois, ricane Alessandro Melazzini, reporter de la chaîne Arte, basé à Munich. À Altötting, je vois des choses qui seraient inimaginables à Hambourg. » Thomas Mann se serait senti mal à l'aise dans un endroit pareil, débordant de reliques, avec un squelette qui ponctue les minutes d'un coup de faux à l'entrée de l'église principale, à quelques mètres de la statue équestre du comte de Tilly, implacable exterminateur des protestants pendant la guerre de Trente Ans. Laquelle fut une tragédie marquée par une invraisemblable férocité qui diminua de moitié la population allemande.

11
Un prélude à l'*Om*

Niederalteich, Allemagne

Si le carillon de bronze d'Altötting, le vent froid, le ciel bas, le murmure des tilleuls et le Danube vous emportent vers la Pologne et les Carpates, avec l'abbaye bénédictine de Niederalteich, à une centaine de kilomètres au nord-est, on file directement jusqu'en Russie le long du courant du fleuve de l'Europe. Grâce à une dispense de la congrégation, une partie des moines dit la messe selon le rite orthodoxe, dans une petite église collée au flanc du principal sanctuaire. Ici, la théâtralité du catholicisme à la bavaroise n'a plus sa place. Aux squelettes de la contre-réforme et à la contorsion baroque des statues se substitue l'immobilité des icônes paléochrétiennes. Le chant moderniste des pèlerins catholiques est remplacé par un bourdon antique qui ressemble fort à un prélude à l'*Om* entonné par les moines tibétains. Je retrouve Byzance, Sofia, Athènes, Belgrade. Étalage d'encensoirs, de candélabres et de clochettes liturgiques. Et l'œil met quelque temps à s'habituer à l'obscurité, aux tremblements des cierges, aux évolutions empressées des prêtres et des enfants de chœur derrière le mystère de l'iconostase.

Aux notes profondes et bitonales du chant masculin se superpose la litanie argentine des femmes, qui ressemble à un carillon printanier. Une de ces dames porte un *Dirndl*, mais la langue allemande s'adapte merveilleusement au rythme des psalmodies russes. C'est surtout dans des endroits comme celui-ci que l'on comprend tout ce que le catholicisme a perdu en renonçant à la beauté du chant roman. L'Orient chrétien est arrivé très tardivement à Niederalteich, en 1945, quand deux soldats russes, à la fin de la Seconde Guerre mondiale, sont tombés sur le monastère et y sont restés, donnant vie à un climat œcuménique qui dut enrichir cette communauté à peine sortie de la guerre. Le père Johannes, un bel homme, grand et brun, en robe noire, avec une grande barbe d'archimandrite, vient à notre rencontre à la fin de la messe. Il se présente : « Je suis bavarois et catholique. Et je suis venu ici parce que j'étais attiré par l'ouverture de cet endroit. Dans ce rite, explique-t-il, un chrétien devrait se sentir chez lui, mais au contraire nous oublions que le christianisme est né en Orient et qu'à l'origine, il se distinguait par son grand pluralisme. Voyez donc ce qui arrive à saint Nicolas : tout le monde le connaît, mais bien peu de gens savent qu'il est venu d'Asie mineure. »

Eh oui, saint Nicolas. Alors que j'étais encore au jardin d'enfants, on a fait venir dans notre salle de classe, un jour de décembre, un père Noël qui s'efforçait de lui ressembler. Comment ce pitre, avec sa barbe collée au menton, osait-il usurper la fête de mon saint préféré ? Et dans une ville telle que Trieste, en plus, où les prêtres grecs et serbes, plus barbus les uns que les autres, officiaient, parés de vêtements somptueux, dans des églises ruisselantes d'or et de cierges. Donc, je me suis planté devant lui et comme, déjà, tout petit, j'étais un enquiquineur notoire, je l'ai accusé d'imposture au nom de toute la classe. Pour moi, ai-je déclaré au pitre, il n'existait à Noël que le petit Jésus. Le lendemain, la maîtresse s'est chargée de chanter pouilles à mes parents consternés qui m'ont aussitôt mis en pénitence. Aujourd'hui, je suis fier de ce geste qui ne profanait rien du tout, mais dénonçait, au pire, la dérive consumériste d'une fête pleine de mystère. Déjà, la fausseté de cette mascarade me paraissait évidente. San Nicolò – c'était ainsi que nous l'appelions du côté de chez moi – était adoré par les bambins parce qu'à la différence de l'usurpateur venu d'outre-Atlantique, il ne se montrait jamais. Le soir du 5 décembre, nous lui laissions sur la terrasse un petit pain, un verre de vin et du foin pour son âne.

À l'aube, encore en pyjama, nous courions découvrir ses petits cadeaux sur le rebord de la fenêtre.

Les Américains qui gouvernaient la ville à l'époque, la firme Coca-Cola et le miracle économique italien parachevèrent le crime parfait. Le nouveau monde liquidait l'invisible au pas de course, si bien qu'à Noël aussi le mystère émouvant de la veillée fut remplacé par la ruée sur des cadeaux à jeter et par les grandes tablées de la fête d'obligation du 25 décembre. Des pères Noël effrontément déguisés en rouge flamboyant commençaient à envahir les rues dès les premiers jours du mois, tandis que les maîtresses nous expliquaient qu'il était temps de devenir grands : les cadeaux, ce n'était pas saint Nicolas qui les apportait, c'étaient nos parents. Autrement dit, celui qui était révoqué en doute, ce n'était pas le pitre de Noël, mais bien le saint authentique du 6 décembre. Les larmes coulèrent et, pour bien des petits, ce fut l'effondrement d'un mythe. Ainsi quand, vingt ans plus tard et même davantage, mes propres fils – bouleversés par la même lamentable révélation – me demandèrent si la maîtresse avait raison, je me tirai d'affaire en déclarant : « Saint Nicolas ne va que chez ceux qui croient en lui. Les autres, pauvres petits, sont bien obligés de croire à maman et papa. » Cette réponse, qui avait en outre le mérite de ne pas faire passer l'institutrice pour une menteuse, plut tellement à mes garçons qu'aujourd'hui encore, devenus adultes, ils frissonnent toujours avec sincérité le jour de cette fête.

J'invite Johannes à manger et je découvre que du côté est de l'abbaye, il y a un Biergarten, croulant sous le chou et le porc, où président des serveuses monumentales en costume traditionnel. La frugalité monacale des Français n'est déjà plus qu'un souvenir. En avant pour les joyeux coups de fourchette bavarois, tout en parlant de Dieu, du livre des Psaumes, des quatre évangélistes qui, en disant des choses différentes, démontrent que la Parole peut être lue sous d'innombrables angles. Puis une bonne bière pression nous aide à affronter le thème des grandes transversalités de la foi.

« Réfléchissez donc, fait valoir le barbu œcuménique, les bouddhistes et les hindous prient tout au long du jour aux mêmes rythmes que les moines chrétiens. Pour les soufis musulmans, c'est plus ou moins la même chose. Benoît dit que quiconque cherche Dieu peut entrer dans une église. On ne lui demande aucune autre garantie, qualité ou faculté. »

Et aujourd'hui, en revanche ?

« Tout ce que l'on enseigne est technique, ce qui nous a éloignés de la vie spirituelle. On ne comprend plus que cette partie moins facile à quantifier de l'existence exige l'expérimentation, la pratique. Ni qu'à la fin, cette expérimentation est remplie par l'esprit. Sinon, c'est du fondamentalisme, quelle que soit la religion. »

Je rappelle à Johannes que Benoît a construit l'Europe à un moment où le vieux monde avait perdu tout espoir.

Il répond : « Il arrive souvent que l'espoir donne le meilleur de lui-même en germant justement de son contraire, d'une désespérance sans issue, d'une *Hoffnunglösigkeit.* » Un mot allemand intraduisible.

Je vais me promener sur la rive du Danube, un fleuve qui, en allemand, est du féminin. *Die Donau*, la grande mère de l'Europe. Des péniches vont et viennent lentement, un bac microscopique transporte des bicyclettes. De loin, sur la rive, me parviennent des sonneries de fanfare. Je pars dans cette direction et je tombe sur une messe. À côté d'une grande croix de bois, la moitié du village se presse pour renouveler ses noces avec le fleuve. Les fidèles ont apporté du cidre, de la tarte aux pommes, de la bière. Des religieux de cinq confessions différentes officient. Le thème est l'exploitation de la nature, qui doit s'arrêter sous peine d'autodestruction. C'est l'heure de dire assez, *Genug*. Assez aussi de tous ces égoïsmes nationaux. Un prêtre luthérien tonne : « Prenez garde de ne pas tous être obligés de dire "*America first*". » J'entends clamer à voix haute des paroles reniées par la politique – *Friede, Liebe, Solidarität* – devant le drapeau de la paix et la bannière étoilée de l'Union, tendue entre deux gigantesques tilleuls. L'Allemagne est sans doute le lieu où j'ai entendu le plus souvent invoquer à haute voix le nom de l'Europe.

Dès que la petite fanfare en costume traditionnel a fini ses *zim-boum-boum*, je m'arrête pour bavarder avec le musicien qui joue du tuba. Il douche mon enthousiasme : « Attention, parce que c'est justement d'Allemagne qu'arrive de nouveau le danger qui menace l'Europe. D'Allemagne de l'Est surtout. Les nazis sont de retour. Ils sont si nombreux, ils occupent des espaces dont les intellectuels ne savent rien. Ils interprètent tous les mal-être créés par la trahison du marché. Ils ont une capacité de mobilisation redoutable. Ils sont persuadés d'avoir une mission : sauver l'Allemagne. Ils défilent par milliers et la police ne dit rien. Les socialistes leur ont laissé le champ libre, ils ont abandonné les masses. Vous n'avez pas idée de la force terrible que peut déclencher la frustration. Moi, je la sens parfaitement quand je vais dans l'est du pays, dans des endroits comme Leipzig ou Dresde. Mais j'ai l'impression que vous commencez aussi à le comprendre, chez vous, en Italie. »

Longue soirée, le jour s'éteint avec une lenteur infinie. J'avale un repas frugal, sans alcool, dans le réfectoire de l'abbaye, puis je vais assister au rite des complies. Je retrouve Johannes. Il célèbre l'office dans une obscurité presque totale. Entièrement vêtu de noir, il chante dans son registre de baryton, puis il s'arrête devant les Saintes Portes et les ferme avec un geste paternel, plein d'amour. On dirait qu'il borde l'iconostase dans son lit pour la nuit.

12
La horde et les steppes

Pannonhalma, Hongrie

Tout est si naturel. Il suffit de suivre le Danube, les peupliers, les cigognes. Et voilà l'Est qui arrive, inévitable, avec tout le tranchant d'une lame et la subtilité d'un présage. Une lente transition qui commence dès l'Autriche, et même avant Vienne, avec les abbayes de Melk et de Kremsmünster, les grandes bibliothèques, les concerts d'orgue, les processions, les cryptes des Habsbourg, les sucreries des clochers baroques dans le ciel pastel et les chants des paysans. Ici aussi, la marque de Benoît nous suit, avec le courant vert-de-gris du fleuve de l'Europe. Et pourtant… je suis inquiet. Peut-être la fatigue d'un périple saturé de signaux et de prémonitions y est-elle pour quelque chose, ou peut-être est-ce le fait que pour la première fois – certaines obligations ayant renvoyé Irene à la maison – je me retrouve tout seul à bord de la voiture qui file en silence au milieu des champs, vers la borne kilométrique la plus extrême, la plus orientale du voyage.

Pannonhalma, un nom qui sent les troupeaux et les prairies, m'appelle de toutes ses mystérieuses sonorités finno-ougriennes. Un rocher millénaire, un bastion surgissant hors des vignobles avec toute la force dominatrice et la puissance féodale de Montecassino en Italie. Les deux abbayes se ressemblent par leur destin. De même que la seconde a subi la destruction par les Sarrasins puis par les forces alliées combattant les Allemands, la première a vécu pour sa part l'invasion turque et l'invasion soviétique. Mais par rapport à Montecassino, il y a quelque chose de plus : le syndrome du *Limes*, de la frontière. L'ancrage de la foi vécu comme pourrait le vivre une sentinelle, contre les hordes arrivant de l'Orient. En Hongrie, c'est, par-dessus tout, le Sud-Est qui possède une connotation négative. Dans la langue parlée ici, sud-est se dit *Délkelet*, un mot qui, par la seule force de l'avalanche de désastres venus de cette direction, s'est transformé en symbole de désordre, d'empreinte ottomane décadente, de balkanisation.

Pannonhalma, cependant, est riche de bien d'autres signes qui font date. Elle marque le point d'arrêt d'un peuple après des millénaires d'errance. Pour qui arrive de l'Est, elle s'élève à la limite de la dernière steppe, elle domine l'ultime petit bout de contrées « asiatiques » à l'intérieur de l'Europe. Elle sanctionne aussi la fin d'une épopée païenne, avec la conversion en masse des très féroces Hongrois, peu après leur arrivée aux portes de Vienne, devenus chrétiens sur l'ordre péremptoire du roi Étienne. Et il y a enfin un dernier signe, celui du rideau de fer. Tragique et indélébile, encore imprimé dans les âmes du lieu. Après tous ces tremblements de terre, il est fatal que l'on se demande ce qui peut bien rester en Hongrie de la règle de Benoît. Quel semblant d'hospitalité et de convivialité aurait pu survivre à deux guerres mondiales, au nazisme, au communisme stalinien et à la violente restauration du marché.

Je connais bien cette moitié de l'Europe et je sais, hélas, que c'est à cet endroit que la damnation d'un continent apparaît avec le plus de clarté. L'Est a vécu une suite de malheurs si proches les uns des autres que le tragique rapport de cause à effet les reliant tous entre eux est beaucoup plus visible ici qu'en Occident. Entre la mer Baltique et la mer Noire se sont heurtés deux totalitarismes qui, à partir de 1935, ont fait disparaître dans la tourmente des dizaines de millions de civils. Ici chaque famille possède un pedigree de douleurs, de décès, de vengeances et de déportations. À la différence de l'Europe de l'Ouest, le nombre des soldats morts pendant la Seconde Guerre mondiale est deux fois plus élevé que pendant la Première. Dans les bois au-delà des Carpates, chaque creux peut cacher une fosse commune. Quelqu'un a baptisé ces lieux *Blood Lands*, les « terres sanglantes », et nous autres Occidentaux n'avons pas la moindre idée de tout cela. Nous ignorons le démon qui dort au-delà du mur et nourrissons pour notre avenir des illusions illuministes du genre « destins magnifiques et progressifs ». Il a suffi de quelques décennies de non-belligérance pour nous faire perdre la mémoire et croire que la guerre est à présent reléguée dans les musées. Rien de pareil ici, tout le monde sait que la Bête est toujours aux aguets.

Nous autres, enfants de l'Europe des riches qui a produit Auschwitz, nous qui passons pour des êtres civilisés, vivant dans une paix apparente depuis plus de soixante-dix ans, nous pensions être sortis de tout cela. Et aujourd'hui que le monde en est réduit au sauve-qui-peut, aujourd'hui que la grande fuite a commencé, nous sommes encore tout imprégnés du sentiment déraisonnable d'être étrangers aux désastres qui nous environnent. Notre conviction d'avoir la conscience propre est telle que, de Saint-Pétersbourg à Istanbul, chacun la lit dans nos yeux au premier regard. Je m'en suis aperçu un jour en Russie, dans une toute petite gare de chemin de fer qui ressemblait un peu à celle d'Astapovo où Léon Tolstoï choisit de mourir après s'être enfui de sa propriété d'Iasnaïa Poliana. Dans la salle d'attente, il y avait un pèlerin qui flemmardait sous mes yeux et ceux de ma compagne de voyage. Il errait de monastère en monastère, vivant d'aumônes. S'étant aperçu de notre présence, il nous a dévisagés fixement jusqu'au moment où, de ce visage semblable à une pelote de fil de fer, avec au milieu deux yeux d'une profondeur insondable, est sortie une voix : « On voit bien que vous n'êtes pas de notre monde. » Nous avons demandé ce qu'il voulait dire. Il a répondu : « On comprend que vous n'êtes pas russes. » Et quand nous avons voulu savoir comment il avait fait pour le comprendre, il a rétorqué : « Parce que vous n'avez pas dans les yeux le signe du martyre d'un peuple. » Pour lui, l'Europe se scindait en deux mondes : celui qui portait inscrit dans le regard le signe de la souffrance et celui qui avait perdu le souvenir de l'absence d'humanité.

Dès mon entrée sur le territoire magyar, l'avenir m'envoie des signaux. À Hegyeshalom, je trouve une auberge où je suis déjà passé. Dans cette salle à manger, en juin 1989, j'ai écrit un article pour mon journal après avoir vécu le premier coup de pioche asséné au rideau de fer. Journée mémorable. Du point de vue de la scénographie, la perception du fossé qui séparait en deux l'Europe de la Baltique à la mer Noire était parfaitement à sa place dans ces ondulations de prairies et de champs de colza d'un jaune électrique, avec les casemates et les tours de guet du pacte de Varsovie. L'impossible avait lieu et l'Europe assistait, stupéfaite, à l'effritement de la frontière entre le bien et le mal – ou en tout cas, ce qu'elle prenait pour le bien et le mal – sans avoir la moindre idée de ses conséquences. J'avais ramassé une des fascines des chevaux de frise, hérissée de fils de fer barbelés, dans l'idée d'y attacher une étiquette portant la date en guise de souvenir.

À la fin de la mise en scène destinée aux photographes, un officier de l'armée hongroise a affronté les journalistes dans un baraquement. Il y a eu bien des questions inutiles, mais vers la fin la bonne question a été posée. Comme si elle se raccrochait à un vague souvenir scolaire, prise du soupçon – parfaitement fondé – que les « invasions barbares » pourraient bien recommencer, une journaliste autrichienne a demandé : « Mais maintenant, qui contrôlera les arrivants ? » L'officier nous a dévisagés avec un éclair d'ironie tout à fait magyar, avant de répondre quelque chose du genre : « J'espère que vous n'aurez pas la nostalgie du mur, chère madame… Je veux dire par là que vous aussi aurez besoin de contrôler. » Mais on sentait bien qu'il fallait comprendre : « Chers Occidentaux, ce seront vos oignons. »

Aujourd'hui, je me rends compte qu'il y avait déjà tout dans cette rencontre : les barbelés invoqués pour fortifier le bastion nommé Europe ; le rideau de fer revenu entre les mains occidentales ; l'hypocrisie avec laquelle nous voulions nier ce juste retour des choses ; l'Est communiste qui, après s'être dissous, nous tenait en échec.

Je raconte cette journée à un Slovaque rugueux de Bratislava, qui, comme moi, attend le repas. Il s'appelle Jan, il est ingénieur. Un garçon maigre, dont la taille et l'appétit sont aussi démesurés l'une que l'autre.

« Tu les vois, ces gars-là ? murmure-t-il, en m'indiquant d'un coup d'œil les convives autochtones. Ils sont tous convaincus d'avoir une frontière commune avec la Pologne, tant l'existence de la Slovaquie leur paraît insignifiante. »

Peut-être qu'ils ne connaissent pas la géographie, fais-je remarquer.

« Non, c'est simplement que les Hongrois sont génétiquement nationalistes. C'est la tragédie des petits peuples. »

Je lui demande comment vont les choses dans son pays.

« Les gens sont las. La thérapie de choc appliquée à l'économie a déçu tout le monde. Mon laitier grommelle que la démocratie n'a rien apporté à notre pays en dehors de la corruption et du malheur. »

Je cherche une objection : mais les statistiques disent que ça va mieux chez vous.

« Ah, les chiffres... ben, voyons... tu penses bien. En Slovaquie, il n'y a que les riches qui vont mieux. Les masses se sentent plus pauvres. La mobilité sociale est inexistante. Les industries sont dirigées par des Allemands ou des Anglais. Il est bien rare qu'on voie un Slovaque au plus haut niveau. Nous sommes au service des étrangers. Les banques sont en pleine crise. »

Je demande comment ils survivent.

« Nous jouons notre meilleur atout : la double moralité. Nous l'avons peaufinée sous le communisme, quand on ne faisait même plus confiance à son propre frère par peur des délations. Aujourd'hui, chacun pense pour soi. La société est atomisée, la solidarité terminée. Il n'y a que l'argent qui compte, le bonheur on n'en a rien à faire. Et moi, une question me tourmente, toujours la même : quand avons-nous commis l'erreur fatale ? À la fin de la guerre froide, nous avions à portée de main la possibilité d'un changement extraordinaire. Au lieu de quoi, rien de rien. Je n'arrive pas à trouver de réponse convaincante. C'est comme si nous étions toujours gouvernés par des forces extérieures. Condamnés à rester une colonie. »

C'est la fin du mois de juin et il fait aussi chaud qu'au mois d'août. La plaine magyare est en feu. Tout a changé depuis 1989. Même le climat. Il faisait froid alors, quand l'armée hongroise, au milieu des photographes, a commencé à arracher les barbelés. C'était le 28 juin, date fatale pour l'Europe. Celle-là même où François-Ferdinand avait été assassiné à Sarajevo. Le jour de la Saint-Guy.

Aussitôt, je m'aperçois d'une chose : nous sommes de nouveau le 28 juin. La vie nous adresse continuellement des signes et nous ne les reconnaissons pas. Cette fois-ci, cependant, le signal m'est parvenu, fort et clair. Je frappe du poing sur la table, comme pour dire « compris », et ma soupe fait des remous, dessinant dans mon assiette des cercles concentriques. Jan, surpris, se fige, la cuillère en l'air, et tous les autres convives se tournent pour me regarder.

Mon Slovaque insiste : « La Hongrie d'Orbán n'est plus une démocratie libérale. C'est un état mafieux fondé sur l'ethno-nationalisme. Orbán est un despote post-moderne qui s'est emparé de tous les postes clefs, comme l'avait fait Milosevic en Serbie à la fin des années 1980. Voilà son modèle, plutôt que les démocraties occidentales. Et vous lui prêtez oreille… »

La serveuse s'approche d'un pas décidé. Elle se plante devant nous. Elle a compris notre échange en anglais, mais maintenant elle nous engueule dans sa propre langue. Un torrent de paroles chargé de diérèses, de voyelles répétées et de consonnes enchevêtrées. La clientèle s'arrête de manger pour observer. Camionneurs, paysans, commerçants, la Hongrie profonde nous regarde.

Le Slovaque écoute la serveuse avec une commisération évidente. Il comprend sa langue. Moi non, pas le moindre mot, jusqu'au moment où émerge du torrent d'insultes une parole. « Soros ! » Le nom de famille du magnat financier, un juif d'origine hongroise, qu'Orbán accuse de toutes les scélératesses. La serveuse transforme le nom en adjectif commençant par une minuscule, comme si elle disait « salaud, misérable, exploiteur ». La voilà qui hurle à présent : nous aussi, nous sommes des Soros. Et *vlan*, toute une ribambelle d'anathèmes. Pour finir, elle nous indique la porte. Le restaurant ne sert pas les gens comme nous.

Jan se lève avec une lenteur agacée. Il rassemble ses affaires, jette sur la table d'une main méprisante une poignée de florins et me fait signe de mettre les voiles. Il souffle : « Le vampire n'est jamais mort. » Par vampire, il entend communisme. Et en effet, on croirait assister à une scène de la guerre froide, quand on n'avait pas le droit de parler librement dans la rue. Au fond, qu'est-ce qui a changé ? Budapest est de nouveau dans le camp de Moscou, la presse et les banques sont de nouveau sous contrôle, le juif riche est encore le croquemitaine, par le biais d'Internet des hommes invisibles manipulent la vérité comme à la grande époque, l'axe entre les pays de l'Est se reforme comme au temps du pacte de Varsovie. Nous sortons sous le soleil entre les camions, tandis que la furie continue à vitupérer.

Je me rappelle parfaitement l'ascension d'Orbán, l'année où le monde a changé. C'était l'époque de la réhabilitation d'Imre Nagy, le père de la révolution de 1956, pendu par les communistes. Avec l'aide de ce Soros désormais couvert d'opprobre, qui finançait grâce à des bourses d'études l'aile la plus libérale du parti par l'entremise de l'organisation Open Society, le jeune homme originaire de Budapest balaya tous ses concurrents avec un ostentatoire virage à droite, profitant de l'émotion populaire en faveur de la remise à l'honneur des « martyrs ».

Jan me demande ce que je fabrique en Hongrie. Je réponds que je cherche l'Europe à travers les abbayes de son saint patron.

« Tu ne trouveras rien. À l'Est, la religion est morte depuis la fin de la Seconde Guerre mondiale. Mais c'était qui, au juste, ce Benoît ? »

Je le lui explique, mais on dirait qu'il n'écoute rien. Il n'est pas homme à sentir le souffle de l'invisible.

Histoire de plaisanter, je fais remarquer que cela nous a fait du bien d'abréger notre repas. En voyage, il faut éviter de trop manger. Nous rigolons.

« Le vrai problème de la Hongrie, ce n'est pas l'immigré, c'est l'émigration. Toutes les bonnes têtes s'en vont. Depuis la fin du communisme, il y en a bien un demi-million qui a filé à l'étranger. Vous devriez l'écrire, vous autres, journalistes. »

Il met le contact et semble sur le point de démarrer, mais il rouvre sa portière. « Tu veux savoir où elle se goure, l'Europe ? En ne disant pas que la démocratie est son identité. » Et puis il s'en va, tranquille, sur la route de Györ. C'est juste, me dis-je.

L'économie, ça suffit comme ça, on en a assez parlé. Dommage que la démocratie ne soit pas une marque d'identification suffisante. Il y a aussi cette chose que tout le monde invoque si mal à propos : le christianisme.

Le ciel hongrois est aussi léger qu'un aquilon, la route n'est que virages, montées, descentes, à travers des campagnes labourées par les tracteurs. Je ne vois pas un bout de papier par terre, la propreté des lieux est absolue. Sur la route du monastère, j'ai rendez-vous avec un prêtre qui parle italien et – sur cette terre, la première à élever des barbelés contre les réfugiés – je me demande si je parviendrai à lui arracher la moindre bribe de miséricorde et d'hospitalité. J'ai le pressentiment que dans cette partie du monde, la règle aura un sens tout à fait différent.

Je rencontre en effet mon prêtre sur la route de l'abbaye. C'est un véritable colosse, très grand, qui doit peser dans les cent vingt kilos. Un homme d'un certain âge, suffisant et bien nourri, dont la panse rebondie est contenue à grand-peine par une soutane noire à l'ancienne. Il ouvre le feu en déclarant : « Nous ne sommes plus des nomades. » Il s'est presque vexé quand j'ai insinué que l'instinct vagabond des grandes plaines avait peut-être survécu chez son peuple. Il souligne d'un ton pointilleux : « La Hongrie d'aujourd'hui n'a plus rien à voir avec ses origines. » Pour lui, l'Asie est la quintessence de tout ce qui est négatif et il se moque bien de savoir si ses ancêtres sont descendus de ces steppes voici onze siècles avant d'être christianisés en masse par leur roi. Dès ses toutes premières paroles, je comprends que nous sommes fort loin de l'œcuménisme de l'église d'Occident. Ici, Dieu lui-même est hongrois. Le monde a changé, même si je n'ai pas eu besoin de montrer mon passeport. Je me demande comment cette Europe peut être la même que la mienne, avec le même drapeau étoilé.

Tout est clair dans la tête de l'homme en noir. Il ne parle pas de foi, mais de géopolitique et de démographie. « Nous vivons la troisième invasion, après celle des Turcs et celle des Russes, et l'Europe devrait bien remercier la Hongrie qui a arrêté la marée islamique. »

Il s'échauffe : « L'Afrique est en pleine explosion démographique parce que Médecins sans frontières sauve des enfants qui autrement mourraient, les organisations humanitaires sont les complices des trafiquants et de ce spéculateur qu'est George Soros qui travaille à détruire les identités nationales. »

Je me demande si ce prêtre obéit au pape ou à la politique. Les hiérarchies ecclésiastiques magyares restent en masse hostile au Vatican. L'évêque de Szeged vient tout juste de mettre le pape en garde contre l'erreur d'accueillir un surcroît de réfugiés.

Où diable peut se trouver Jésus-Christ dans tout ça, le comprenne qui peut.

« L'Europe des riches se la coule douce au lieu de faire des enfants. Nous autres Hongrois, nous traitons de "sybaritique" cette vie de débauche. L'attitude des Occidentaux envers la fertilité a changé, mais pas celle des musulmans. Vous vous dirigez vers l'autodestruction. »

Curieuse préoccupation, pour un homme qui a fait vœu de chasteté.

« Les communistes ont commencé le génocide de mon pays le 12 juin 1956, en introduisant l'avortement obligatoire. Les médecins dans les usines ont appris aux ouvriers comment ne pas faire d'enfants et dès 1962, il y avait ici plus d'avortements que de naissances. C'est aussi pour cette raison qu'en 1989, il nous a manqué la force d'abattre le communisme par la volonté du peuple. Il n'y a que les Polonais qui ont réussi à résister. »

Je ne réponds rien, je ne pose pas de questions. Je me contente de prendre des notes. Dans ce genre de situation, on s'insurge, ou on écoute.

« Et puis, qui sont-ils, ces migrants ? Aucun n'a de papiers, mais ils ont tous des portables, ils sont tous nés le premier janvier, ils savent parfaitement comment s'incruster et bien peu ont envie de travailler. C'est une invasion, comme au temps de l'Empire turc. » Il égrène les lieux communs comme les grains d'un chapelet. Il laisse échapper un pet, sans même rougir le moins du monde, puis il explique d'un ton solennel : « Oui, d'accord, il faut secourir ceux qui sont en danger. Mais quelqu'un devrait bien rappeler au pape François que ses prédécesseurs ont aussi financé les Croisades. »

Je repars, si secoué que je décide de ne pas mentionner le nom de ce gros prêtre dans mon récit. J'ai bon espoir en mon abbaye ; je la cherche comme un yachtsman cherche la bouée d'une régate. Ou plutôt non : plus que d'une bouée de régate, j'aurais besoin d'un canot de sauvetage par grosse mer. Je fais le point : je suis aux confins orientaux de mon périple en quête de l'Europe, d'ici deux jours, je regagnerai l'Italie en traversant la Slovénie et je crains de terminer mon voyage cruellement déçu.

Mais voici Pannonhalma, élevée, dominante, tout en haut d'une colline qui ressemble à la Superga à Turin, on dirait le mamelon d'un sein de femme. Je monte jusqu'au sommet, l'abbaye s'annonce par un grandiose restaurant vitré avec vue sur la moitié de la Hongrie. Non loin de la porte d'entrée, une série de caves à vin creusées dans la roche et, un peu plus loin, une tourelle belvédère ouverte sur les campagnes appartenant aux moines. Blé, tournesol, vignes à perte de vue.

J'ai du mal à percevoir l'invisible. Je perçois plutôt une soif phénoménale d'espace et d'horizons. La terre, la terre et encore la terre. Mais ce n'est pas tellement celle qui salit les mains des moines de

Praglia ou de Cîteaux. Ici, c'est la terre en tant qu'espace vital. Champ, bois, fief, vignoble, grande propriété, prairie. La terre en tant que territoires perdus depuis la dissolution de l'empire à deux têtes, en 1918. Transylvanie, Croatie, Slovaquie, Ukraine occidentale, que d'aucuns voudraient annexer de nouveau. Voilà bien des années, à Budapest, on m'a demandé ce que l'Italie avait perdu lors de la Grande Guerre et quand j'ai répondu « son innocence », on m'a dévisagé comme si j'étais un débile mental. Pour ces gens-là, cette contorsion psychologique était un luxe de vainqueur. Je pouvais bien m'en passer, non, pour un hectare de pays en plus ? Le fait est qu'ici, tout le monde est un feudataire en puissance. Ou alors un serf de la glèbe. Le pays bien entretenu, pelotonné au pied de l'abbaye, paraît vous dire : nous avons émigré sans fin pour arriver jusqu'ici. Que nul ne songe à nous en déloger.

« Pour les Hongrois, devenir chrétien a été l'unique moyen de survivre, et Pannonhalma a été l'axe de ce processus de christianisation. » Albin, un jeune moine qui attend à l'entrée un groupe d'étudiants américains, m'accueille avec cordialité et me résume l'histoire de l'abbaye. Il a étudié la théologie aux États-Unis, parle parfaitement l'anglais et ses mains sont très différentes de celles des bénédictins allemands. Bien soignées, des mains de pianiste. Lui aussi fait allusion à l'histoire des invasions russes et turques, mais avec dans la voix une nuance d'ironie salutaire. Il n'a besoin que d'une seule paraphrase pour liquider la collaboration de la Hongrie avec Hitler. Il stérilise l'intimité avec le fascisme, n'y voyant qu'une « amitié séculaire entre Magyars et Italiens ». Il nous emmène dans le grand hall du lycée de l'abbaye où l'on enseigne aussi l'italien, expliquant qu'il « a été inauguré par le comte Ciano, gendre de Mussolini ». À l'intérieur, une fresque de 1941 célèbre un millénaire de bons rapports entre Budapest et Rome. Il nous accompagne dans la bibliothèque, riche en manuscrits très anciens. Il me montre une des premières bibles imprimées par Gutenberg. À la fin de la visite, le professeur qui escorte les jeunes Américains offre à Albin un assortiment de bières de l'année, afin de mettre, dit-il, « un petit goût d'enfer dans toute cette sainteté ». Il ignore qu'en Europe, les bières abbatiales sont gorgées de Dieu.

Nous nous installons à la balustrade de la terrasse. Au-dessous de nous, la riche campagne hongroise s'étend sur trois cent soixante degrés. Parfum de foin et d'herbe fraîchement coupée. Champs de tournesol et vignes. Le soleil est à son zénith : il sonne l'heure du démon de la paresse. Un moine trapu qui a nom Adám me confirme la théorie des risques que la lumière verticale fait courir à l'âme : « Après la sexte, la sixième heure du jour, ici, tout le monde va dormir, ce n'est pas pour rien que la moitié du monde utilise le mot "sieste" pour le repos de la mi-journée. Observez bien l'abbaye à la fin du repas de midi, vous ne trouverez personne. » Un autre moine intervient : « À cette heure-là, il n'y a que le diable qui ne dort pas. »

Je m'attends à ce qu'on m'invite au réfectoire pour le repas, mais pas du tout. À part moi, je ne vois aucun pèlerin et d'ailleurs, ici, rien n'est prévu pour le gîte ou le couvert. À Pannonhalma, le rite de l'hospitalité se manifeste de manière plus rude qu'en France et en Allemagne. Les moines vont et viennent comme s'ils considéraient l'hospitalité sous un autre jour. Peut-être sont-ils devenus capitaines d'industrie, avec tous ces vignobles à gérer. On m'octroie un bungalow sur les terres qu'ils possèdent au pied de la colline. Et je suis bien obligé de descendre au village à jeun, après leur avoir arraché au moins un rendez-vous pour le lendemain.

Je passe une soirée solitaire, à traînasser parmi des maisons qu'on dirait dessinées par un enfant. Les villages hongrois sont ainsi, rudimentaires et bien propres. Où que j'aille, j'ai l'impression que le monastère me suit du regard. De toutes les abbayes où je me suis rendu jusqu'ici, celle-ci paraît occuper la position la plus triomphale. Il me semble qu'elle est posée là depuis un millénaire plutôt pour célébrer une suprématie territoriale que pour guider les âmes. J'ai dans mes bagages du cidre de Saint-Wandrille et je m'en vais le siroter en paix dans mon bungalow. Là aussi, je suis le seul hôte. Par ici, il ne passe aucun pèlerin solitaire, rien d'autre que des autocars pleins de touristes. Je vais m'asseoir sur l'herbe pour attendre les étoiles et me demander pourquoi les populistes occidentaux se croient tellement obligés de lorgner du côté d'Orbán, ce gros renard anciennement communiste. Sans parler de ces prêtres magyars, si hostiles au pape, comme les communistes d'hier, et si sensibles au démon qui rôde par le biais d'Internet... Tout cela me fait l'effet d'une gigantesque fumisterie.

Le lendemain, à l'aube, je monte à pied vers le sommet de la colline, passant par un bois emperlé de rosée, pour la messe de six heures. Sous la grande coupole de l'église, les officiants vêtus de noir élèvent un chant dans des tonalités abyssales, mieux adapté à la nuit qu'à la gloire de l'aurore. Autant la Bavière est féminine et mariale, autant la Hongrie est catholique et masculine, durement patriarcale. Bien inutilement, on me met entre les mains le livre des Psaumes. En dehors du mot *Krisztus*, pas un seul autre auquel me raccrocher. Psautier se dit *Zsoltár*, si vous voyez ce que je veux dire. Des mots tels que *Uram*, *néped*, *Engeld*, *Országod* ne me disent rien du tout. Il y a des *a* et des *o* partout. Des accumulations de consonnes, criblées de *z* comme autant de coups de sabre. Mais le chant est magnifique, ténébreux. Il rappelle, de très loin, les lamentations nostalgiques des Honvéd, les fantassins magyars de la Grande Guerre, qui combattirent sur le Carso. Lamentations que ma grand-mère austro-hongroise répétait, une octave plus haut.

L'archiabbé Cirill Hortobágyi est absent, mais il a laissé pour moi des documents, accompagnés d'une déclaration de sa part, qui me soulage quelque peu. « Notre devoir de chrétiens est d'aider le malheureux sans tenir compte des difficultés et des dangers que peut nous causer un tel geste. La principale pensée de notre communauté est analogue à celle de nos bénédictins d'Europe. Nous avons accueilli les réfugiés quand ils passaient dans notre région et, bien avant la crise actuelle, nous avons organisé une semaine sur ce thème dans notre lycée. » Donc, la chose est claire : en Hongrie, les prêtres c'est une chose, les moines c'en est une autre. Peut-être au fond le vrai problème est-il que les églises sont vides. Le communisme a détruit les congrégations, mais l'Église libérée – qu'elle soit catholique ou protestante – n'a pas été capable de redonner un élan à la foi. Si bien que maintenant, en l'absence du diable, elle tente de gouverner les âmes en faisant agir pour le moins la crainte de l'homme noir, quitte à s'opposer aux préceptes de Jésus. Le jeune Albin m'explique : « Sous les communistes, seules les vieilles femmes avaient le droit d'aller à l'église, parce qu'on pensait qu'à leur mort la foi s'éteindrait d'elle-même. Trente ans ont passé, le communisme n'existe plus, mais rien n'a changé. » Et de conclure avec un semblant d'humour : « Aujourd'hui, ce sont toujours les vieilles qui vont à l'église, mais ce ne sont plus les mêmes. »

Tout est clair : le gouvernement de droite a choisi de compenser l'effondrement religieux du pays en subventionnant largement les paroisses. Ce qui lui a permis de faire d'une pierre deux coups : il a délégué les missions scolaires que l'État ne parvenait plus à fournir et il a fait des prêtres les mégaphones des autorités. Allez savoir comment ils s'en tireront, me dis-je, les moines en haut de la colline, sous cette terrible pression politique. Et combien de temps régneront ici les préceptes de saint Benoît. À ce qu'il semble, Pannonhalma, citadelle assiégée, couve en son sein une sérieuse cinquième colonne mandatée par Orbán, mais pour le moment, l'antique bastion tient bon.

Au-dessus d'une méridienne du petit cloître, je lis *Una vestrum ultimea mea* (une d'entre vous sera ma dernière). En réalité, la pénitence n'a rien à y voir. Cela ne veut pas dire que la mort peut arriver à tout moment. Au contraire : ces mots font savoir que chaque heure doit être vécue à fond, comme si c'était la dernière. En somme, chaque minute s'insère dans quelque chose de plus ample, outrepassant la vie de l'individu. Voilà qui me semble sceller mon périple d'excellente façon. À présent, il est temps de regagner les Apennins.

13
La Symphonie

Camerino, Marches

Le deuxième mouvement, poignant, de la *Première Symphonie* de Vassili Kalinnikov résonne dans l'air du soir. Il arrive de loin, j'entends nettement chacun des instruments. Violon, basson, tuba. Alentour, tout n'est que silence et grillons. C'est le spectacle d'une nuit d'été italienne qui ne descend pas du ciel, mais surgit des profondeurs de la Terre. Jaillissant de chaque vallon, une obscurité liquide diffuse ses ruisseaux parmi les montagnes, forme une toile d'araignée, puis un lac et appelle les premières étoiles. Du *pizzicato* des violons sort le hautbois, solitaire. Il décrit les fleuves, les plaines, les bouleaux et les nuits blanches du Nord. C'est l'European Spirit of Youth Orchestra qui répète en haut de la colline. Tous mes jeunes, beaux, heureux, se préparent pour le concert. Et moi, je suis le vieux, le récitant, le solitaire qui de temps à autre s'éloigne et va déambuler le long des sentiers. C'est la terre de saint Benoît qui nous a appelés, nous qui l'avons pour saint patron. L'université de Camerino nous a ouvert ses portes, comme un monastère accueillant les pèlerins. Voilà mon périple qui se conclut en musique, justement là où il le fallait. Dans les Apennins.

Ce soir, tout revient : la lumière, le *tic-tac* du temps qui passe, le recueillement de l'écoute, la prière, l'épopée d'un continent suspendu entre l'océan et le choc des peuples, les lignes de failles terrifiantes et les peurs qui les parcourent. La cité antique, barrée et déserte, s'obscurcit, tandis qu'à l'ouest, vers Gubbio et Colfiorito, l'incendie s'éteint avec une lenteur infinie. Les grillons, un braiment d'âne. Un chien qui hurle à la mort. Et moi, je sais déjà où naît le sentiment infini de paix qui émane de cette terre, que la charrue de Dieu, d'ailleurs, ne cesse de secouer. Je sais d'où jaillit la douceur de ce paysage fracturé, éternellement en mouvement. Je connais la main de celui qui a apprivoisé la Bête. C'est lui, toujours lui, Benoît. Il n'y a ici rien d'exclusivement naturel. Partout, l'œuvre de l'homme est visible, mais pas dans les constructions. On la trouve dans les montagnes, les terrassements, les oliviers, les châtaigniers, les hêtres, les sapins blancs, et jusque dans la race des bovins à la pâture. C'est là que je lis la signature de l'œuvre. Son œuvre. Parce que rien, ici, ne s'y trouve par hasard, et tout a été choisi dans le but d'adoucir la vie de l'homme tout en préservant la nature.

Les murs de pierre sèche, les barrages sur les torrents, les palissades en bois. L'odeur du fromage, la saveur du vin. La fenaison, la direction des champs labourés. Les glands, les porcs et la charcuterie. L'invention du papier, les moulins, le commerce de la laine, l'organisation de la transhumance, le caractère central de la table et la connaissance de la bonne cuisine. Et même là où les monastères sont réduits à un tas de ruines, même là, la technique bénédictine est restée sous forme de coutumes rurales, et c'est justement à ces endroits, à ce que disent les savants, que le tremblement de terre a frappé le moins durement. Serait-ce un miracle ? Non. C'est tout simplement parce que la terre nourricière y a été aimée et consolidée en signe de respect, au lieu d'être violée comme aujourd'hui par les éventrations et le béton. Pendant des siècles, les feudataires lombards ont fait don de terres aux Bénédictins, non seulement pour qu'ils arrachent au paganisme les serfs de la glèbe, mais surtout pour améliorer un paysage qui sans cela aurait été destiné à devenir le champ de courses des hérissons et des sangliers.

Premières étoiles sur le versant de Macerata. On a l'impression de percevoir la rotation de la Terre sur son joint de cardan. Je sens revenir le vertige éprouvé au début du voyage dans la cuvette enchantée de Castelluccio. Cette sensation cosmique, étourdissante, d'être au centre du monde et non pas simplement suspendu entre deux mers. Jesi est à quelques kilomètres et ce n'est pas un hasard si Frédéric II de Souabe, l'empereur allemand fou de l'Italie, encore présent aux mémoires d'ici, est né dans cette ville. Sa mère lui a donné le jour sur la place publique, *coram populo*, parce que, entre autres choses, les landes de la sibylle sont les lieux les plus fertiles, riches et humanisés de toute l'Europe. En entrant sur les terres des Picènes, après la bataille du lac de Trasimène, Hannibal, stupéfait, vit le paysage s'adoucir comme jamais, sur toutes les terres qu'il avait pu traverser avec son armée. Il fit mettre ses chevaux à la pâture, puis il les lava avec le vin des Apennins afin de les purifier du sang de tant de batailles.

Scintillement de villages, pullulement de fontaines sacrées. Et des monastères, des églises, des sanctuaires, des ermitages dans tous les coins. Non pas en position ostentatoire, dominante, comme Pannonhalma sur les collines de Hongrie, ou plantés en plein cœur d'une cité comme Westminster, mais cachés, périphériques, appuyés aux rochers, encastrées dans des gorges, tapis au fond des creux les plus solitaires, obstinément ancrés dans une toile d'araignée de lignes de faille, camouflés par les ondulations des vallées et les puissants anticlinaux. C'est là qu'on trouve peut-être la plus forte densité de terres saintes en Europe. Nulle part ailleurs la perception du christianisme ne coïncide aussi parfaitement avec la topographie et la géologie. C'est cela, l'Italie : un archipel d'espaces spirituels, réchappé par miracle du massacre de la mondialisation, un archipel qui est l'essence même du paysage bénédictin. Saint François, lui aussi, est passé par ici, mais il n'a laissé pour ainsi dire aucune trace sur le territoire. Il n'en a pas déterminé la forme.

Lignes de force, voilà l'expression la plus juste. Elles émergent, tempétueuses, des profondeurs et sur elles, plantés comme des poteaux indicateurs, des temples païens, des grottes habitées par des sibylles, des petits bronzes votifs dédiés à Hercule, Jupiter, Mars. Et puis des abbayes, des hospices pour les pèlerins, et le sentier de San Michele, saint Michel, le saint qui a remplacé Odin dans le cœur des Lombards, sentier qui depuis un millénaire coupe l'Europe, du sud-ouest de l'Irlande jusqu'à Jérusalem. Une ligne droite qui, avec une précision euclidienne, passe par le Mont-Saint-Michel, l'abbaye de Saint-Michel-de-la-Cluse dans le Piémont, Pérouse, le Monte Sant'Angelo dans le massif du Gargano et l'île de Symi dans le Dodécanèse. Et ici, tout spécialement, entre Amatrice et Camerino, les lignes directrices de l'esprit recoupent sans cesse celles du sous-sol. On en ressent l'énergie terrestre, nettement plus que celle liée au ciel. Les pulsations d'un giron maternel vous avertissent.

Dans ces labyrinthes de l'âme, je me suis perdu avec ma compagne et Jacopo Angelini, un homme des Apennins amoureux de sa terre, un naturaliste dont la culture historique est sans limite. Du haut d'un bois vertical, Jacopo m'a littéralement fait planer au-dessus de l'abbaye de Val di Castro, aujourd'hui vidée de ses moines, mais où tout est resté arrêté dans le temps, depuis la fromagerie jusqu'aux vaches, descendantes des aurochs, arrivées, Dieu seul sait quand, du Moyen-Orient. Un endroit où l'on peut s'arrêter pour manger dans un réfectoire vieux de mille ans, partager le repas avec des éleveurs héroïques, oubliés par la politique, qui ont mis à leurs frais des barrières autour de l'église ravagée par le tremblement de terre, où l'on peut se promener dans le cloître, évoquer l'âme du frère Élie, l'alchimiste qui convainquit Frédéric II d'accomplir l'unique croisade sans effusions de sang de l'histoire. Si l'on a de la chance, on peut aussi côtoyer l'ombre de saint Romuald, fondateur de l'ordre des Camaldules, qui vint mourir ici tout seul dans le bois ; un homme à l'immense charisme, qui fustigea les puissants, tonna contre la simonie et sut amalgamer les deux christianismes, oriental et occidental, le cénobitisme bénédictin, la solitude poussée à l'extrême des anachorètes et l'expérience érémitique des moines syriens.

Si la nostalgie du christianisme des origines s'empare de vous, venez dans les Apennins.

Cherchez des lieux tels que l'abbaye de Sant'Elena, à Serra San Quirico, à demi oubliée, sans la moindre espèce de décorations, solide comme une forteresse, avec des piliers impressionnants et l'architrave de l'entrée griffée par des sarments de vigne. Ou bien la matrice de la gorge de Frasassi, riche en eaux souterraines et de surface, en proie à un vacarme de cigales, sous la protection d'une déesse mère vieille de cinquante mille ans et d'un monastère bénédictin qui fut un temple de Jupiter et conserve encore de la Grèce, *via* Byzance, le plan en forme de croix grecque. Ou encore l'ermitage de San Girolamo, accroché au Monte Cucco à la façon d'un monastère tibétain, fondé au IXe siècle par des Syriens qui parlaient l'araméen et habité aujourd'hui par trois hommes seulement, tous étrangers et observant la plus stricte obédience. Une sauvage place forte de l'esprit, parsemée de châtaigniers séculaires, où l'on prie toutes les deux heures, jour et nuit, et où il n'est permis de parler qu'un seul jour par semaine.

On oublie sur ces terres les guides touristiques. On quitte les sentiers battus. On suit les hirondelles qui logent dans les périphéries, crucifiées au pentagramme du vent. On cherche des lieux isolés comme l'abbaye de Santa Croce à Sassoferrato qui, lors des années où l'on a désacralisé les édifices religieux, a été transformée d'abord en refuge pour cinq mille poulets de batterie, puis en remise à bois et pour finir en remise à charbon, et qui revient aujourd'hui à la lumière dans un triomphe d'énigmes – on y trouve trace des templiers, des Lombards, des Carolingiens et même des Égyptiens – et de surprenantes superpositions : un chapiteau germanique orné d'un Charles Martel sous l'apparence d'un Priape tout nu, des morceaux d'autels romains extirpés de la ville disparue de Sentinum, des bas-reliefs montrant des sirènes à double queue qui n'étaient autres que l'enseigne des lupanars romains. Et Sitria, introuvable et sauvage, avec ses épaisses murailles de forteresse et ses géraniums rouges aux meurtrières, où le soir les ombres des moines chantent encore les complies au bord du ruisseau d'une chênaie bien verte. Aujourd'hui, c'est la périphérie, l'abandon, l'oubli. Hier, c'était le cœur de la richesse pastorale de l'Italie. Monte dei Paschi était Monte dei Pascoli, le mont des Pâturages, coffre-fort où l'on gardait une richesse bêlante, étalée à l'infini dans les collines.

À Fabriano, je viens tout juste de visiter avec Jacopo le cloître de San Biagio, où le corps de Romualdo est conservé dans une crypte, baroque hélas. « La maison de notre père », c'est ainsi que l'appellent les Camaldules du monde entier, qui viennent une fois l'an rendre hommage au fondateur de leur ordre dans cette belle cité médiévale un peu inquiétante, où rougeoient encore les bûchers des *fraticelli*, les petits frères des pauvres, qu'a fait brûler vifs un certain Jacques de la Marche – inexplicablement élevé au rang de saint – parce qu'ils avaient réclamé un retour à la pauvreté originale de l'ordre franciscain. À dix heures du soir, nous avons effrontément sonné à la porte du monastère et sans faire un pli, un beau Lombard sec et joyeux, arborant une soutane et un tablier bleu, ainsi qu'une magnifique barbe grise, nous a ouvert. « Enchanté, je suis Giorgio Emilio Gadda. » Vous êtes de la famille de l'écrivain ? « Mais oui, arrière-petit-fils de Carlo Emilio. » Vous êtes combien ici ? lui ai-je demandé. Et lui a brandi en riant son index pour nous garantir sa solitude. Nous lui avons tenu compagnie pendant la vaisselle et il nous a raconté la merveille de Camaldoli, « la formule parfaite qui traverse les siècles », l'équilibre idéal entre l'hospitalité, la vie communautaire et la solitude.

Quelques-unes de ses remarques me reviennent en tête.

« Allez donc à Camaldoli quand il neige, c'est tout un poème. »

C'est la même simplicité paysanne, un peu fantaisiste, que Frédéric à Cîteaux et Notker à Sainte-Odile. C'est à croire que la bonne parole a besoin d'un tout petit peu d'indocilité pour filtrer.

Des phrases comme celle-ci, par exemple, lancée entre un petit verre de *nocino*, une liqueur de noix, et un éclat de rire : « L'homme a besoin de Dieu, il n'y a pas à tortiller ! »

Giorgio Emilio, le Lombard, gardien solitaire de Romuald, le saint patron. Même une rencontre d'une demi-heure peut vous laisser sa marque. Je regagne ma base. Une lune presque pleine indique la route entre les champs. Je parviens à distinguer l'ombre de chaque brin d'herbe. J'ai un peu peur, il y a des bandes de chiens errants dans le coin. Je tiens une pierre bien serrée dans ma main. Un silence extraordinaire s'est abattu sur la colline de Camerino. Les gamins ont fini de répéter, à présent ils sont en train de dîner dans le réfectoire de l'université. Avant de dormir, ils descendront au village de toile manger une glace, jouer de la guitare, se raconter des histoires et chanter les chansons de leur terre natale. Quinze nations, qui sont devenues l'Europe, ne parlent qu'une seule langue, celle de la musique. Entre une Polonaise et un Italien est née une petite amourette. La tournée va bientôt commencer, avec un concert parmi les tours de San Gimignano, par une nuit magique d'éclipse de la lune.

Mais pour moi, l'important c'est la répétition générale, qui aura lieu à Nursie, Norcia, sur la place. Cette place même où la statue du saint patron de l'Europe m'a parlé pour la première fois. Une répétition improvisée, avec le maire qui nous garantit une estrade et quelques centaines de sièges pour le public. Seulement, moi, je m'en fiche du public, parce que c'est pour lui que nous jouerons, pour Benedictus.

Le lendemain, après un voyage à travers des gorges sévères, Norcia s'offre de nouveau à notre vue, riche de sa douceur pastorale et de la saisissante énergie de ses montagnes. Il faudrait que la boucle se boucle ici même, à l'endroit d'où nous sommes partis. Dans le berceau de Benoît, patron de l'Europe. Nursie dont les murailles médiévales sont encore percées de brèches, deux ans après le tremblement de terre. Norcia, avec la statue du grand protecteur, intacte, qui nous indique la voie à suivre.

Le soleil se couche. Les monts Sibyllins, inondés de lumière indigo, reposent les questions qu'a soulevées le voyage à travers l'Europe. Qu'est-ce qui a poussé les hommes à vivre pendant des millénaires dans ces montagnes, malgré les séismes ? La légendaire fertilité de la terre, les nombreuses sources et la proximité des deux mers au bord desquelles on peut se rendre avec tous ses troupeaux suffisent-elles, ou bien y a-t-il autre chose ? Faudrait-il tenir compte de la beauté des lieux et du mystère d'un monde qui laisse voir, davantage que tant d'autres, ses fondations dans les profondeurs de la Terre ?

Tandis que l'orchestre décharge ses instruments pour le concert, je vais trouver les moniales de

Norcia. Elles ont été transférées à Trevi en raison du tremblement de terre, mais dès qu'elles le peuvent, elles retournent parmi les ruines de leur abbaye. Le lien de la *stabilitas* et leur amour pour la communauté restée sur place les appellent irrésistiblement. L'abbesse, Caterina Corona, reprend pied à la moindre occasion dans le monastère, déclaré inhabitable, ne serait-ce que pour entretenir le potager ou s'occuper des abeilles. Elle y a vécu pendant soixante ans, à partir du moment où elle a prononcé ses vœux, et elle est lasse d'attendre le moment du retour.

« Nous sommes paralysés par la bureaucratie, et s'il fallait un jour manifester contre cette politique des mille permis, je serais devant tout le monde avec ma banderole. »

Le sourire de Caterina est un sourire maternel, mais sa voix est tranchante et ses mains sont fortes et marquées par le travail. En elle, tout résume la féminité du sacré dans les Apennins. Pendant soixante années, cette femme a obéi au commandement bénédictin de l'autonomie. Son monastère a toujours travaillé pour vivre. Broderie, reliure, cueillette des herbes officinales, hospitalité, horticulture, élevage de moutons, enseignement et même un élevage de castors. Une économie entièrement cantonnée sur place.

« Maintenant nous avons vieilli et avec la crise des vocations, nous avons besoin de personnel extérieur. Ce n'est plus la même chose et le tremblement de terre nous a donné le coup de grâce, en nous empêchant de revenir. Il y a trop d'entraves. Même pour nous laisser abattre une vieille maison, on nous demande un rapport détaillé sur l'histoire de ses pierres et de ses gravats. »

Pour la première fois, depuis plusieurs millénaires, on ne donne pas aux gens la possibilité de recommencer. Mais il n'arrive de Rome aucune espèce de signal. La montagne italienne, tout le monde s'en contrefiche, parce qu'elle ne compte pas sur le plan électoral. Pourtant, les Apennins sont le cœur de notre pays et, en les perdant, l'Italie se perd elle-même. C'est un paradoxe encore plus criant dans la communauté monastique qui, pendant quatorze siècles, a eu entre ses mains la formule permettant de repartir de zéro avec la règle de saint Benoît.

« Benoît nous enseigne que tout doit être vécu selon les circonstances et le lieu. Par exemple, pour les moniales africaines qui chantent dans nos chœurs, la raideur de nos mouvements ne convient pas. Leur culture les pousse à s'exprimer de manière beaucoup plus corporelle. Un jour, j'en ai trouvé une qui dansait toute seule dans sa cellule. On tient compte de tout cela et nous en sommes toutes enrichies. »

« La règle, précise doucement Caterina, ce n'est rien d'autre que l'Évangile adapté à une communauté cénobite. Elle nous apprend à vivre le baptême selon ce choix. Elle nous explique qu'avant d'aspirer aux altitudes, nous devons étreindre la communauté. Elle nous enseigne que la latitude précède la verticalité. C'est le meilleur moyen pour se détacher du superflu, de tout ce qui nous empêche d'apprécier ce que nous possédons, pour voir la création avec tout l'émerveillement des enfants. La couleur des fleurs, le reflet d'une goutte d'eau. Tout nous parle de Dieu… il suffit de savoir le voir. »

Je lui demande si le monde est pire aujourd'hui qu'au temps de l'effondrement de l'Empire romain.

Elle n'hésite pas : « Pire aujourd'hui, c'est certain. Mais pas par la faute d'un ennemi extérieur. Le problème vient de nous. Du temps de Benoît, quand on croyait, on croyait pour de vrai. Et c'est cette force qui a radouci les populations barbares.

« De nos jours, poursuit-elle, nous vivons un christianisme fondé sur l'opportunisme. Nous sommes beaucoup plus faibles, et jamais nous ne saurions faire face à une situation analogue. »

Nous nous étreignons. Je dois retourner sur la place, le concert va commencer.

L'adjoint au maire m'explique tout le mal qu'il se donne pour rendre vie au centre historique après la grande fuite du tremblement de terre. Il a du mal à maîtriser sa rage : « S'ils ont décidé de nous faire mourir, qu'ils aient au moins la bonté de nous le dire. »

L'orchestre des jeunes d'Europe attaque le *Contrapunctus 1* de Bach. Il n'y a pas beaucoup de monde, mais qu'importe. On joue pour saint Benoît, et les quelques rescapés de la ville sont séduits par la magie du moment. Envol d'hirondelles. Une lune au huitième mois sort des monts Sibyllins pour faire sa curieuse. Splendide, d'une bouleversante netteté, elle se montre sur la place de notre saint patron au moment même où je lis des vers la concernant, sur la musique de Jean-Sébastien :

Il était une fois le peuple de la mer
Hommes et femmes, migrants dans le vent.
Ils appelaient les îles des archipels
Celle de la Crète était le centre parfait
D'un monde dominé par la lune.
La poupée de son, la semence obscure,
La mère sombre, le giron, le placenta
Gardien du mystère de la vie.

Le concert ressemble à une conclusion, mais pour moi, c'est une ouverture. Je sens que j'ai vagabondé à travers les valeurs fondatrices de l'Europe plutôt qu'au milieu des monastères. Labeur, silence, invention, hospitalité, chant et, pourquoi pas, démocratie dans les rapports entre les gens.

La nuit est tombée, la planète semble en état de lévitation, on dirait qu'elle se gonfle encore. Le deuxième mouvement de Kalinnikov revient.

Dans les périmètres sacrés de tes abbayes, Benoît, j'ai toujours trouvé un point d'abordage sûr, une défense contre le vacarme démoniaque, la désorientation des consciences et contre l'égoïsme matérialiste qui nous environne. Je ne sais pas ce qu'il restera de tout cela. Je suis préoccupé par le destin de l'Europe. Peut-être volera-t-elle en éclats sous le choc de la mondialisation, avec la complicité des professionnels de la peur. Mais je sais que nous avons le devoir d'espérer. Et qu'au milieu des montagnes italiennes se cachent la formule et le mystère de la renaissance.

14
Le fil infini

San Giorgio Maggiore, Vénétie

Et puis une nuit : le déluge. Un vent violent, venu d'une direction inconnue, fendit les montagnes et anéantit les forêts. On vit descendre du ciel des colonnes d'eau, aussi lourdes que le marteau de Dieu, des fleuves presque à sec débordèrent à l'improviste et des milliers de poissons s'en allèrent mourir sur la terre ferme. Le soleil disparut pendant des jours entiers et de lugubres tentures de pluie avançaient comme des armées en guerre. Cent ans après la fin du premier conflit mondial, le long de la ligne du front, sur les montagnes situées entre la Vénétie et le Trentin s'abattait un nouvel et terrible avertissement à l'humanité. Fauchées par les rafales, des armées d'arbres dégringolaient sur les cimetières de guerre. Les troncs sur les squelettes. Les arbres morts sur les soldats morts. Il n'y a rien de plus définitif que le dernier plongeon d'un grand arbre et, cette nuit-là, il en tomba des millions. Ce n'était plus une conjoncture météorologique. C'était un événement biblique, l'addition à régler, les prémices de l'Armageddon.

Je suis à Venise, retranché dans le monastère bénédictin de l'île de San Giorgio Maggiore, en quête d'un dernier point d'ancrage. Cela fait quelques jours à peine que la bourrasque est passée et l'Italie l'a déjà oubliée, les journaux parlent d'autre chose. En ville, c'est l'*acqua alta*, il fait une chaleur inusitée, un coucher de soleil incendiaire enflamme Saint-Marc et la Punta della Dogana. La mer déborde, elle bat contre le portail de l'église consacrée au saint qui vainquit le dragon et moi je me cramponne à ces murailles millénaires comme à un canot de sauvetage, cherchant à échapper à la vague imminente. L'île m'accueille, m'offre un abri, devient une arche de Noé et accentue tout ce qui sépare la foi d'un monde à la dérive. San Giorgio ressemble à l'archipel des Solovki au milieu de la mer Blanche, ce monastère russe qui devint un goulag et qui revit aujourd'hui avec ses clochers à bulbe dorés, scintillant dans les brumes du Nord.

Du canal de la Giudecca débouche un paquebot illuminé transportant cinq mille passagers. Énorme, plus haut que l'église de la Salute, se détachant contre le rouge flamboyant du ciel. Il ne se soucie pas de voir, mais d'être vu, ça lui suffit. La ville artificielle passe, indifférente, sur le cadavre de la ville réelle.

Oraisons du soir. Sept moines seulement, sept hommes en noir occupent cette immense abbaye face à Saint-Marc. La belle voix méridionale du père Fedele, le maraîcher de l'île, résonne dans la chapelle et se perd dans des couloirs qui datent de la Renaissance. Il adhère totalement au texte. À son idée, « on lit avec les oreilles », parce que la parole est faite pour résonner. Le premier commandement, c'est l'écoute. « Écoute, Israël » est la première phrase de la Bible.

Job, les livres sapientiaux, chapitre 11 : « Si tu éloignes le mal qui est dans ta main / et si tu ne laisses pas l'injustice habiter sous tes tentes / alors tu lèveras un visage sans tache… ta vie surpassera l'éclat du plein midi / l'obscurité sera comme un matin. »

Parmi les officiants, je retrouve Norberto, l'abbé de Praglia, le monastère où a commencé mon voyage. Il me donne un sentiment de sécurité avec son solide corps de Lombard et sa voix si patiente. Nous nous étreignons. Après avoir démissionné de son rôle de guide dans la maison mère, il est venu s'installer sur l'île, un peu à la surprise générale. « Ce sont les roulements ordinaires », dit-il pour dédramatiser l'affaire, mais derrière ce choix, je reconnais l'éternelle dynamique entre l'ouverture et la fermeture, qui fermente dans chaque île de la foi. Il me pousse à m'abreuver aux sources bibliques pour y chercher des perles sur l'amour du

Tout-Puissant, mais mon âme n'est pas vraiment tournée vers des pensées célestes. La rage que j'éprouve quand je vois ce qui se passe en Europe est trop forte. Par les temps qui courent, je préfère les Psaumes d'imprécation, que j'ai découverts, il y a peu, dans la liturgie monastique des heures, un livre qui paraît vouloir exprimer tous les états d'âme de l'homme face au Tout-Puissant, parmi lesquels la rage elle-même est représentée de façon grandiose. Des psaumes qui exhortent à faire face sans crainte au sinistre mystère du Mal, à proclamer à claire et haute voix son existence en présence de Dieu, fût-ce pour lui demander de se dépêcher de mettre en pratique la vengeance contre les impies.

Voici un magnifique arsenal d'anathèmes. « Ô Dieu, brise-leur les dents dans la bouche / fracasse les crocs des lionceaux, Yahvé ! ». Ou bien : « Ils descendront droit au tombeau / leur image s'évanouira / le séjour des morts sera leur demeure. » Des versets qui vous réchauffent le cœur, qui vous préparent à la bataille. « Que vienne sur eux une tourmente qu'ils ne prévoyaient pas, / que le filet qu'ils ont caché les prenne, / qu'ils soient renversés par la tempête. » Oui, nous vivons une époque où il y a besoin de l'Ancien Testament pour espérer. Je rumine ces versets, tandis que la nuit tombe. Je voudrais retrouver la force du christianisme des origines. Le courage, voilà ce que nous avons perdu. La fierté de nos racines et de notre culture. Les hommes en noir, partis des Apennins, paysans et bergers, fils d'une terre tellurique et de la transhumance, en avaient au contraire à revendre, au début de leur épopée, quand ils ont commencé à tisser les fils de l'Europe. Pourquoi ne nous souvenons-nous pas d'eux ? Pourquoi personne ne fête-t-il plus saint Benoît ?

Norberto m'accompagne dans la salle dite salle du conclave. L'acoustique est parfaite. Nous sommes seuls. Nous nous asseyons sur deux sièges à haut dossier, chacun de son côté et nous nous entendons sans aucune difficulté, même en chuchotant.

« Benoît nous demande l'impossible. Bénir ceux qui nous maudissent, supporter les faux prophètes, accepter les frères qui vivent avec un zèle amer. Il nous le demande pour rompre la chaîne du mal. Il nous exhorte à ne pas exprimer le mécontentement, mais la joie, même lorsque tout est contre nous.

— Oui, mais aujourd'hui, il y a trop de violence dans l'air, trop de peur. La syntaxe de la guerre envahit tous les discours. L'intolérance et l'hubris se répandent, elles qui sont précisément le contraire de tout ce qui peut encore nous sauver. Et c'est quelque chose qui risque de pénétrer jusque dans vos abbayes.

— Cher Paolo, nous vivons des moments pleins de ténèbres. Le souffle de l'esprit est présent chez chacun de nous, mais la culture dominante s'acharne justement sur cette dimension spirituelle. Elle la ridiculise. Elle désactive notre boussole, nous ôte notre sens de l'orientation. Et maintenant qu'elles n'ont plus la moindre dimension spirituelle, la politique et l'économie elles aussi deviennent folles. »

De l'extérieur nous parvient le sifflet des *vaporetti* qui se croisent sur la lagune.

« Norberto, dans la presse rien ne nous présente un tableau fidèle du siège qui nous enserre, du désespoir qui augmente dans le monde. Ce qui compte, c'est les sous-vêtements, les jeux vidéo, le rite de l'apéritif. Et ici, en Italie, alors que des millions d'arbres abattus restent à pourrir dans les Alpes, alors que la montagne se vide de toute présence humaine, la Vénétie et le Trentin se cherchent noise pour quelques mètres délimitant leurs terres sur les glaces de la Marmolada. »

La nuit tombe. Entre l'homme en robe de moine et moi, il n'y a que de l'obscurité, et l'obscurité aiguise l'ouïe.

« Le monde moderne fait qu'il est plus difficile d'écouter la Parole divine. Vois-tu, le vent du bon Dieu souffle toujours, en de nombreuses directions. À nous de savoir nous en servir, comme un bon voilier. Pour cela, nous sommes obligés de rectifier souvent le cap de notre existence. Au commencement, il y a le Verbe fécond de Dieu. L'homme n'a rien d'autre à faire que de l'intercepter. Mais aujourd'hui, le circuit s'est interrompu. »

Nous restons assis, en silence. On entend ronfler un *vaporetto* qui fait marche arrière pour accoster.

« Ne vois-tu pas, mon cher abbé, à quel point le manque de solidarité envers les migrants se répercute déjà sur les Italiens ? De nos jours, on devient pauvre du jour au lendemain. On est licencié par courriel. Mais les Italiens se taisent, hypnotisés par l'*Ego ti absolvo*, l'absolution qui les dispense de faire le bilan de leurs fautes. Ils vivent un syndrome de siège habilement construit et donc ils ne voient plus que des ennemis à accuser, plutôt que des problèmes à affronter, ils ne pensent pas à la tempête qui approche. La victimisation galope et tout est toujours de la faute des autres. C'est le bon vieux mensonge du complot judéo-maçonnique-communiste qui risque aujourd'hui de démanteler l'édifice de notre Union. La balkanisation finale. »

Le moine : « Les polarisations entre les peuples s'accentuent. Les gens sont jetés hors de leur pays par la violence et ils sont repoussés avec la même violence par l'Europe.

— Cher Norberto, n'oublie pas que l'Europe est une anomalie démocratique qui en exaspère plus d'un. Il suffit de regarder les cartes pour comprendre que des tas de gens voudraient nous envoyer bouler. Je suis parvenu à l'expliquer même aux petits enfants de l'école primaire. J'ai dessiné pour eux au tableau noir l'Europe avec tout autour les dangers qui la menacent. Au nord, les flatteries de Poutine.

À l'est, le foyer jamais éteint des Balkans et de l'Ukraine, les barbelés, les nationalismes ethniques, les objectifs de la Chine. À l'ouest, les taxes de Trump, l'automutilation du Brexit, la Catalogne. Au sud, la mer des naufragés, l'islamisme violent, les dictatures, la guerre, les bombardements de civils. Jamais dans toute l'histoire nous n'avons eu autant de problèmes en commun, ai-je dit aux petits écoliers. Puis, j'ai demandé : "Au milieu de tout cela, qu'est-ce que vous faites, vous ? Vous restez unis ou vous vous séparez ?" "On reste unis, on reste unis !" ont-ils crié. Même les petits enfants le comprennent. L'Europe des nations, au contraire, au lieu de se serrer les coudes, se chamaille, élève des barbelés, met fin aux règles de garanties constitutionnelles, remet en cause les conquêtes de la démocratie. Elle oublie saint Benoît…

— Il faut du courage. Nos moines l'ont montré depuis le début de leur histoire. Il suffit de regarder les fresques de l'église où nous sommes. Tu as un Tintoret révolutionnaire qui, dans les églises liées à la Curie, aurait été inconcevable. L'indépendance des abbayes a toujours favorisé les choix de rupture. La règle est un distillat d'expériences humaines et le moine ne cesse d'expérimenter sur sa propre vie. Il travaille à la limite, il exerce au quotidien la créativité de l'esprit. Chez lui, la prière est un remerciement continu. Elle célèbre la beauté de Dieu. »

Les eaux descendent, la mer a libéré le quai entre l'accostage des *traghetti* et le portail du monastère. Je sors tout seul respirer la nuit humide. Les étoiles sont énormes, exagérément lumineuses, avant-coureuses de nouvelles tempêtes. J'ai le sentiment d'approcher de la perception de l'essentiel. Comment mobiliser le courage contre la rhétorique de la peur ? Quels arguments faut-il avancer ? Quels mécanismes faut-il démonter ? Expliquer, par exemple, qu'aujourd'hui, ce sont les pays anciennement communistes qui dictent l'ordre du jour de l'Europe vers une direction antidémocratique ? C'est étrange, non ? Ce qui est arrivé en Yougoslavie ne nous suffit donc pas, ce pays où les services secrets sont passés du jour au lendemain du socialisme au nationalisme le plus sanguinaire, à la seule fin de sauver les responsables de la banqueroute fédérale ?

Clapotis, ronflement de bateaux-taxis, piaulement de mouettes. Insomnie. Je revois la guerre des Balkans, l'écroulement du communisme en Europe centrale, et je me demande comment nous pouvons être assez bêtes pour sous-estimer les capacités de manipulation des régimes de la guerre froide et de leurs actuels héritiers.

Le lendemain matin, le père Fedele m'emmène voir le potager. C'est un petit homme de soixante-seize ans, fort et trapu, le visage hâlé sous ses cheveux blancs, l'œil inquisiteur. Son royaume est bien régi, débordant de choux, salades trévise, blettes, aulx, brocolis, chicorées et herbes aromatiques. À proximité d'un mur, une tortue et ses petits profitent du dernier soleil. Un chaton roux somnole sur un banc délabré. « C'est ici, entre les épinards et le fumier, que je laisse libre cours à mes pensées sur les Saintes Écritures », dit le moine en souriant, et il explique qu'il partage sa journée en trois parties : lectures lors des offices religieux, jardinage, étude de la Bible. Ses poules portent les noms et prénoms de célèbres femmes peintres italiennes d'antan : Rosalba Carriera, Artemisia Gentileschi, Sofonisba Anguissola.

Une chemise à carreaux et de grosses bottes, un grand sourire et une houe. J'ai devant moi le prototype de l'homme joyeux, allergique aux ronchonnements et ancré dans la seule culture possible, celle qui est liée à la terre nourricière. Un parfait exemple de l'*ora et labora*, qui aurait plu à saint Benoît. Je l'aide à désherber, à s'occuper du compost, à installer les plants d'oignons qu'il vient d'acheter à Chioggia. Il me rend la politesse en m'offrant ses métaphores botaniques. « Regarde donc cette trévise, tu vois comme elle est abîmée ? Elle était merveilleuse et puis une chenille l'a attaquée par les racines. Voilà, cette plante, c'est l'Europe qui tremble aujourd'hui, parce qu'elle a perdu ses racines. » Eh oui, le saint avait ses racines. Profondes et saines. C'est là qu'était sa force.

« Le fumier, c'est tout ce qui compte pour la campagne, rien n'est jamais né du marbre de Carrare. Mais notre engrais, c'est la rencontre avec autrui, la bonne parole, l'humanisation du vécu. Il n'y a que comme ça qu'on vit bien. Malheureusement, de nos jours, les premiers envers lesquels nous n'avons aucune miséricorde, c'est nous-mêmes. Nous croulons sous le superflu qui accentue notre vide et notre égarement. Le vide existentiel de l'homme contemporain est épouvantable, par rapport à celui de l'homme biblique. » Eh oui, me dis-je tout en arrachant les mauvaises herbes, si l'homme biblique existait encore, il serait exterminé sur-le-champ par les utilisateurs d'Internet.

Que de pensées naissent de la terre ! Et je l'en remercie en la soulageant des herbes folles. J'ai déjà les ongles noirs. Le moine maraîcher essuie la sueur qui coule pour me proposer d'autres perles de sagesse paysanne : « Regarde donc la zizanie, Paolo. Regarde-la bien. Elle gêne la croissance des autres plantes, tout le monde le sait. Mais elle signale aussi l'absence de tout polluant. Autrement dit, là où il y a de la zizanie, la terre est saine. Tu vois ? Il n'existe rien de négatif qui ne contienne une petite parcelle de positif. » Et là, depuis les mottes de terre, le voilà qui s'enfuit d'un vol plein d'ardeur vers les hauteurs raréfiées de la pensée : « Même Dieu, il ne faut pas le prendre trop au sérieux… L'important, c'est de garder dans sa vie la perception de l'invisible. Pas la peine de s'épuiser à chercher trop de pourquoi… Les juifs n'ont jamais connu d'hérésie, parce qu'ils accordent la plus grande liberté dans l'interprétation des signes qu'envoie le Créateur. »

Tiens, une pelote blanche, toute sale, oubliée sous un platane. Le signe de mon voyage, d'un fil déroulé par-dessus les fleuves, les montagnes, les villages et les plaines. Un fil sans fin qui surmonte les distances et noue des relations en franchissant les murs, les barbelés, les frontières. Qu'ont-ils fait d'autre, les moines de Benoît, que de planter des lieux de prière et de labeur dans les espaces les plus incultes d'Europe pour tisser ensuite entre eux un solide réseau de fils ? Revoici, derrière la laine, le monde pastoral et paysan d'où tout est né au VIe siècle après Jésus-Christ, dans une identité presque totale entre le berger des âmes et celui des troupeaux, une dimension perdue, mais encore visible dans les périphéries du christianisme. En grec, « règle » se dit *nomos*, mais ce même mot, avec une simple différence d'accent, signifie aussi « pâture ». Cela veut quand même dire quelque chose.

J'ai en mémoire une vieille image. Un moine de Tur Abdin, au fin fond de la Turquie, petit et vigoureux, en robe de laine noire jusqu'aux chevilles, tenant à la main un bâton long et noueux, qui regagne sa base avec son troupeau avant que ne descende sur les montagnes l'heure des loups. Mais il y a aussi, dans mon voyage, l'abbé de Saint-Wandrille qui choisit de devenir chien de berger et se démène pour récupérer la brebis égarée. Et aussi l'ex-abbé bavarois, Notker Wolf, l'homme au nom de loup, qui caresse les vaches et, avec ses six diplômes universitaires, affirme ses origines paysannes à travers les amples gestes du semeur.

Il existe, j'en suis certain, une autre Europe, dont on parle depuis peu. Une Europe jeune et passionnée, qui rêve, voyage, travaille, résiste, combat. Une Europe qui prend en charge son propre destin et ne cherche pas à rejeter sur les plus pauvres les fautes de la crise. Le moment est venu de lui donner une voix et de la faire jouer avec tous ses instruments, afin de construire un réseau entre les langues et les cultures. Des mers du Nord à la Méditerranée, des steppes à l'Atlantique, que sonne une musique nouvelle. Une musique qui dise vraiment ce que nous sommes, qui exprime la force d'une culture commune et chante notre appartenance à un espace unique au monde, fertile et mesurable, riche d'histoire, de langues, de places, de cultures et de paysages.

Courage, donc, et haut les cœurs. Comme les moines qui fondèrent l'Europe sous la menace des invasions barbares. Comme les pères fondateurs de l'Union européenne qui, après deux guerres mondiales, rendirent sa dignité et sa richesse à un continent à genoux. Ils savaient, eux, que l'Europe n'est pas un cadeau, mais une conquête et souvent aussi un rêve né du désespoir que provoque son absence. Ils osèrent la rêver au moment même où tout semblait perdu. Ils tendirent des fils. Ils tissèrent les trames et les relations. Imitons-les. Construisons un réseau avec nos frères des autres pays d'Europe pour que tous ceux qui ne peuvent se résigner au retour des murs et au langage de la violence se sentent moins seuls.

Peu importe combien de pelotes, combien de patience et combien de travail obstiné il faudra pour remuer le pouvoir et abattre les décapeuses de l'intolérance. Le moment est venu de clamer bien haut que l'Europe, cette anomalie, fait obstacle aux absolutismes, aux mafias, aux fondamentalismes et aux économies scélérates qui saccagent la planète. Disons bien haut que face à tout cela, il faut être fou pour se diviser, qu'en démantelant nos conquêtes nous ferions le jeu de nos ennemis. Nous ne pouvons pas permettre que notre monde se soumette encore une fois au délire nationaliste et suprématiste. Notre déesse-mère phénicienne, la dénommée Europe, qui fut la première à traverser la Méditerranée, dans la frayeur, nous rappelle que nous avons toujours été le terminus des peuples en migration et nous pousse à débrouiller d'autres écheveaux et à tendre d'autres fils, dans un geste d'amour et de désobéissance civile.

Un vent léger, ce vent qu'on appelle la *bora*, fait onduler les mâts des voiliers au mouillage de l'autre côté des murs. On dirait les puissants mélèzes de Marienberg. C'est l'éternel retour. C'est justement d'ici que je suis parti, il y a bien des années, pour Jérusalem. Maintenant, je sens que je suis revenu.

Table

Cet ouvrage a été mis en page par IGS-CP
à L'Isle-d'Espagnac (16)

CET OUVRAGE
A ÉTÉ ACHEVÉ D'IMPRIMER
SUR ROTO-PAGE
PAR L'IMPRIMERIE FLOCH
À MAYENNE EN AVRIL 2022

N° d'édition : L.01EBNN000656.N001. N° d'impression : 100394
Dépôt légal : mai 2022
Imprimé en France